TAKE
SHOBO

婚約者を略奪されたら、
腹黒策士に熱烈に求愛されています!!

クレイン

Illustration
すらだまみ

JN141800

蜜猫
Novels

contents

イラスト／すらだまみ

婚約者を略奪されたら、腹黒策士に熱烈に求愛されています!!

プロローグ　わたしのもの

「ほら、ここにお前の名前を入れさせたんだ」

シュゼットより年上の少年は可愛《かわい》らしい柄の包装紙を躊躇《ちゅうちょ》なく破り、中に入っていた手巾《ハンカチ》をシュゼットに見せつけるように両手で広げた。

シュゼットはその手巾に銀糸で刺繍《ししゅう》された文字を、一つ一つ目で追っていく。

「シュ・ゼット……」

そこに等間隔に並べられたスペルは、間違いなく自分の名前。

それは、緻密なレースで縁取られた美しいこの絹の手巾が、自分のために作られた、自分のものであるという証拠。

「いつも世話になっている、礼に……」

恥ずかしそうに鼻の頭を掻《か》きながら、少年は言った。

そんな風に他人に気を遣われること自体が初めてで、シュゼットはどうしたらいいのかわからない。

なんせこの家の者たちは、皆、シュゼットに興味を持たない。気にも留《と》めない。だから、彼に対しどんな態度をとればいいのかが、わからないのだ。

「ほら、やるよ。俺こういうのはよくわからないから、母上に選ぶのを手伝ってもらったんだ。母上曰《いわ》く、これは女の子が好きそうなもので、尚且《なおか》つ貰《もら》ってもあまり負担感のないものらしい」

そして少年は、黙っていればいいことまでわざわざ話す。それが実に彼らしくてシュゼットは少し笑ってしまった。確かに頭の中がある特定のもので溢《あふ》れている普段の彼からは、考えられない贈り物の選択だとは思っていた。無粋な息子を叱り飛ばしている彼の母が、目に見えるようだ。

大事にしろよな、そう言ってその手巾をぐいっと押し付けられ、シュゼットは落とさないように慌てて受け取る。

触れた瞬間、その素晴らしい触り心地に、この手巾が一級品であることを知る。

自分には不相応なその手巾に、恐る恐る贈り主を窺《うかが》えば、彼は鷹揚《おうよう》に頷《うなず》いてくれる。

シュゼットはもらった手巾をそっと自分の手で広げ、太陽に翳《かざ》した。

「なんてきれいなの……」

透けるような薄さで織られた絹布。細やかなレース。手の込んだ刺繍。そのすべてが美しい。

――――そしてなによりも、真新しい。それが。

「……わたしのもの。……わたしだけの……」

うっとりと見つめていたら、なぜだか涙が溢れてきた。嬉《うれ》しくて、次から次に涙が溢れる。

「おい！　な、なんで泣くんだ？　どうした？」

少年は慌ててシュゼットの手から手巾を奪い取り、その頬に流れる涙を拭おうとした。

するとシュゼットはそれを避けるように慌てて顔を背け、涙をドレスの袖で吸い取る。

「なにをやってるんだ。せっかく手巾をやったんだから使えばいいだろう？」

そのための物なのに、と困ったように少年が言えば、シュゼットは大きく首を横に振った。

「使いたくないの。だって、こんなに綺麗《きれい》なんだもの」

元のように丁寧に折りたたむと、シュゼットはその手巾を胸元でぎゅっと抱きしめた。

――初めて与えられた、私だけのもの。

「……ありがとう。宝物にするわ」

礼を言って、シュゼットは笑った。生まれて初めて、心の底から、無邪気に。

これまで見たことのない彼女のそんな年相応の可愛らしい笑顔に、一瞬呆気《あっけ》にとられた後、少年も
ほんの少しだけ口角を上げた。

そして、大げさだと言って、シュゼットの頭を撫《な》でてくれた。

いつだって優しい、大切な幼馴染《おさななじみ》。シュゼットに初めてをくれた人。

寂しい少女《シュゼット》が恋に落ちるのに、それは十分な出来事だったのだ。

第一章　とんだ茶番劇

（一体何を言っているの……）

彼らはおそらく、自分と同じ言語を話しているはずだ。

それなのに、これほどまでにその内容が理解できないのは、一体何故《なぜ》なのだろう。

シュゼットは唖然《あぜん》として、目の前の恋人たちを眺めた。

（……いやだわ。この人たち、頭がおかしいのかしら……？）

そうとしか思えない。いや、それともむしろおかしいのは、この状況を一切理解することができない自分《シュゼット》の方なのだろうか。

仕事中、突然両親から緊急事態だと呼び出され、何事かと彼らが滞在している別邸に駆けつけてみれば、そこにいたのは奇妙な顔ぶれ。そして始まったのは、とんだ茶番劇だった。

「――一目で恋に落ちたんだ。私はもう、ミシェル以外愛せない」

芝居がかった話し方でそう言って、愛《いと》おしそうにシュゼットの実姉であるミシェルの腰を抱き甘く微笑《ほほえ》んでいるのは、この国の第二王子ジェラルドだ。

それの一体何がおかしいのかといえば、彼は本来、姉ではなくシュゼットの婚約者だということである。

姉は恥ずかしそうに、そして嬉しそうに頬《ほお》を赤らめ、うっとりと目を細めながらジェラルドの胸にもたれかかった。その恍惚《こうこつ》とした顔には、妹の婚約者を奪ったことに対する罪悪感など一片たりとも見えない。むしろその背徳感に酔ってさえいるようだ。

本来の婚約者の前に立ちながら、曇りなく、一幅の絵画のように美しい、恋人たち。

「だから、君との婚約は解消させてもらう。そして、私はミシェルと新たに婚約を結ぶ」

至極当然のことのように、決定事項であるかのように、ジェラルドは言い放つ。正しいのはさも自分たちであると言わんばかりに。

「だって恋に落ちてしまったんだもの。仕方がないでしょう？」

美しい姉は、その容姿にふさわしい美しい声で、歌うように宣《のたま》う。そして天使の名を持つにふさわしく、幼《いとけな》く残酷に笑う。無自覚なのかもしれないが、そこには隠しきれない妹への優越が滲《にじ》んでいた。

――きっと、悔しかったのだろう。そして、許せなかったのだろう。

これまで散々見下していた冴《さ》えないはずの妹が、姉である自分を差し置いて、この国の王族に嫁ぐことが。

だから、妹からその場所を奪うことは彼女にとって、理にかなったごく正当な行為なのだろう。故に、罪悪感など持ちようがないのだ。

何かを言ってやりたいのに、言葉が出てこない。これ見よがしに泣いてやるべきなのだろうが、涙も出てこない。あるのはただ諦念だけだ。

そう、心のどこかで、こうなるような気がしていたのだ。

だって、見比べてしまえば、シュゼットよりもミシェルがいいと、誰もが思うものだから。

シュゼット・ルヴェリエは、セラフィーヌ王国の東国境沿いにある、ルヴェリエ辺境伯家の次女として生を受けた。

シュゼットは、生まれた時からこの家で、いてもいなくても良い存在だった。

両親はいつだってシュゼットより二つ年上の美しく愛らしい姉、ミシェルに夢中だ。

美しく輝く蜂蜜色の髪に、きらめく新緑の目。全ての部分が品良く整った、小さな顔。

まるで春の女神を具現化したかのような美しい姉ミシェルを一目見れば、誰もが感嘆のため息を吐く。

一方で、妹であるシュゼットの髪は、父方の祖母に似たという絡まりやすい癖の強い赤毛であり、目の色はパッとしない暗い灰色だ。顔立ち自体はそう悪くはないと思うが、姉と並び立てばどうしたって見劣りしてしまう。

よって、両親や使用人たちの目が、姉ばかりにいってしまうのは仕方のないことなのだろう。

さらに、シュゼットは酷《ひど》い難産の末に生まれた。かろうじて母子ともに命は助かったものの、その出産で体を壊した母は、これ以上の子供を望めなくなった。

だというのに、女児として生を受けたシュゼットは、ひどく両親を落胆させた。

この国の宗教は、妻を複数抱えることを許してはいない。また、妻以外との女性の間に生まれた子供の爵位継承も認めていない。

よってルヴェリエ辺境伯家は、新たに後継となる男児を得ることができなくなってしまったのだ。

そのためか、両親は幼い頃からシュゼットを疎み、冷淡な態度をとり続けている。

たとえシュゼット自身に何の責もないとわかってはいても、彼女を見るたびに浮かぶ失望を隠しきれないのだろう。

一方で姉《ミシェル》は、同じ娘でありながら、いずれは婿をとり、このルヴェリエ辺境伯家を継ぐ者として、大切に育てられることとなった。

そんな事情があってから、ミシェルとシュゼットは全く同じ親を持つ実の姉妹でありながら、明確な差をつけられて生きてきたのだ。

ルヴェリエ辺境伯家は抱える領地は広くとも、農耕のできない荒地や山林が多く、住まう領民も少ない。つまりは身分こそ無駄に高いが、入ってくる税収は微々たるものという典型的な貧乏貴族である。

そんな台所事情もあり、シュゼットはいつだって姉のおさがりのドレスを着て、姉のおさがりの靴を履いた。

元々は全て、ミシェルに似合うようにと考え仕立てられたものだ。姉の儚《はかな》げな雰囲気に合わせ、淡い色調のものが多く、身に纏《まと》う色素が濃いシュゼットには、残念ながらまるで似合わない。しかも状態の良いものは下取りに出してしまうため、シュゼットの元に下げられるのは擦り切れ、色あせたものばかりだった。

それでも家の経済状況を知っていたから、そして、自分の置かれた立場をわきまえていたから、シュゼットは不満を口に出すことはなかった。

たまには自分のためだけのものが欲しいと思っても、そんなわがままを言い出せるような環境ではなかったのだ。

聡《さと》いが故に周囲の事情を汲《く》みすぎて、自分の望みを呑み込んでしまうことが、幼い頃からのシュゼットの悪い癖だった。

自分とは違い、ありとあらゆるものに恵まれ、大切に大切に育てられた姉、ミシェル。

羨ましくないと言ったら嘘《うそ》になる。だが、やがては他家へ嫁ぐことになるであろう自分とは違い、姉はこのルヴェリエ辺境伯を継ぐことになる。だからこの家で姉ばかりが大切にされるのは仕方がないことなのだ、と。

そう自身に言い聞かせて、これまで両親から押し付けられた多くの理不尽な待遇差を、シュゼットは受け入れ、耐えてきたのだ。

「ねえ、シュゼット。そういうわけだから、この辺境伯領は貴女《あなた》にお願いするわ」

だというのにこの姉は、今までシュゼットが自分の不遇を甘んずるために縋《すが》っていた理由《もの》を、目の前であっさりと捨ててみせた。

ジェラルドはこの国の第二王位継承者である。よって兄である王太子に跡継ぎができない限り、大事な予備品《スペア》として、王家を離れることができない。

つまり、ジェラルドと結婚すれば、姉はこの辺境伯領を継ぐことができなくなる。

足元から震えが上がってくる。怒りや憤り、そして、言葉にならない何かが。

シュゼットは必死に歯を食いしばる。だがどうしても堪え切れず、震える声で問うた。

「……ルヴェリエ辺境伯領を、爵位を、お捨てになるのですか……？」

そのために、育てられたはずの、姉が。

「悲しいけれど仕方がないわ。だって真実の愛のためなら、全ては瑣末《さまつ》なことだもの……！」

だがミシェルは、妹の言わんとするところをまるで理解せずにそう言い放ち、両手を胸の前で組んでうっとりと笑う。いつもの天使のような笑顔で。

そんなわけがないだろう！　シュゼットは叫びそうになった。

それはそんな簡単に許されることではないはずだ。今度は一体どこの恋愛小説から影響を受けてきたのだろうか。あまりの無責任さに愕然《がくぜん》とする。

思い返せば三週間前、婚約の決まった妹を祝いたいと言う名目で、姉《ミシェル》が王都に出てきたときから、嫌な予感はしていたのだ。

幼い頃から婚約者を決められ、領地をほとんど出ることなく育ったミシェルは、社交の経験がほとんどない。

両親は、長女がその婚約者を毛嫌いしていることを知っていた。

だが、この二人の結婚はこのルヴェリエ辺境伯領にとって、政略上どうしても必要なものだった。

故に、夢見がちなミシェルが軽率な行動をすることを恐れ、両親はこれまで頑《かたく》なに彼女を社交の場に出さず、領地に留めていたのだ。

『結婚をする前に、一度だけでも王都に行ってみたいの』

だが、これで最後だからと、そう言って泣きついてきたミシェルを憐《あわ》れみ、とうとう両親は折れた。

新たに仕立てた美しいドレスを持たせ、婚約者と共に行動することを約束させた上で、王都へと送り出したのだ。

愛娘《ミシェル》に、結婚前の最後の思い出を作らせてやりたかったのだろう。

そして彼女は、妹のシュゼットとその婚約者であるジェラルドが出席した公爵家主催の舞踏会に、突如として自らも婚約者とともに参加したのだ。

ミシェルは、その類いまれなる美貌で、会場にある全ての視線を釘付《くぎづ》けにした。

感嘆と賞賛の視線の中、誇らしげに悠々とシュゼットの元へ来た彼女は、その隣に立つジェラルドの姿を見やって、一瞬言葉を失った。

それから慌ててお得意の儚げな笑顔を作り、腰を落として丁重な礼を取ると、うっとりと妹の婚約者であるジェラルドの顔を見上げたのだ。

対するジェラルドは、流れるような所作でミシェルの白い手を取ると、その甲に口付けを落とし、優雅に挨拶をした。

ミシェルの頬が、薔薇色《ばらいろ》に染まる。

親に充てがわれた無骨で気の利かない婚約者に、前々から不満を持っていた彼女にとって、見た目だけならば恋愛小説に出てくる登場人物のように美しく、完璧な貴公子であるジェラルドは、さぞかし魅力的に見えたのだろう。

一方、ジェラルドも、熱を宿した目でミシェルを見つめていた。

彼もまた一方的に親によって充《あ》てがわれた、地味な見た目の口うるさい婚約者に少なからず不満を持っていたのだろう。

そこに突如現れた、天使の如く美しき婚約者の姉に、心奪われてしまったのだ。

出会う人間すべてが姉に魅せられてしまうのは、仕方のないことだ。昔からずっとそうだったのだから。シュゼットは自らにそう言い聞かせ、その時はあまり気にしないように受け流した。

今更この二つの婚約が覆《くつがえ》るわけではない。彼らにもそれくらいの分別はあるだろう、と。

そう思って、胸に湧き上がる不快なモヤモヤした気持ちを押し殺したのだ。

――だが、事態はシュゼットの想定よりもずっと深刻だったようだ。

婚約など元からなかったかのように、目の前の恋人たちは自らの世界に浸っている。

一体この場をどう収めたらいいのか。シュゼットが狼狽《ろうばい》していると、おそらく全く同じことを考えていたのだろう。隣に立つ男が淡々と口を開いた。

「……それで、俺はどうしたらいいのですか？」

姉の本来の婚約者である、アンセルムだ。

アンセルムはルヴェリエ辺境伯領と領地を隣接する、ノヴィール伯爵家の次男だ。

ノヴィール伯爵家は領地内に大きな港と商業都市を有する莫大《ばくだい》な資産を持つ家であり、現在ルヴェリエ辺境伯家は、かの家から多大な支援を受けている。

そしてアンセルムは近く姉と結婚し、婿入りして共にこのルヴェリエ辺境伯家を継ぐことになっていた。

そんな彼にとっても、今回のことは寝耳に水であり、とてもではないが納得できる話ではないだろう。

――いくらそれが、我が国の第二王子の意向だとしても。

シュゼットはそっと、自分よりもずいぶん高い位置にあるアンセルムの横顔を見上げる。

彼は、その凛々《りり》しい眉をほんの少しだけ不快げに歪《ゆが》めていた。普段ほとんど表情の動かない彼にしては珍しい。

繊細な顔立ちで華奢《きやしや》な体つきをしたジェラルドとは違い、彫りの深い精悍《せいかん》な顔立ちに、たくましい体躯《たいく》を持ち、実に軍人らしい姿をしている。

彼は現在国軍に所属し、すでにいくつもの武勲を上げ、将来を嘱望されている騎士だ。

姉は気に食わなかったようだが、シュゼットは彼のその凛々しい姿をとても好ましく思っていた。

ここセラフィーヌ王国に四つある辺境伯家は、それぞれがその領地内にある国境の守護を任されている。

ルヴェリエ辺境伯領にある国境の向こう側、ラフォン王国は穏やかな農業国であり、現在はセラフィーヌ王国と良好な関係を築いているため緊迫した状況ではないが、ルヴェリエが国防の要の一つであることは間違いない。

いずれはこの辺境伯領を受け継ぎ守るため、アンセルムが軍に入ったことをシュゼットは知っている。彼の努力を知っている。だからこそ、苦しい。

ああ、自分にもっと女性としての魅力があって、ジェラルドの心を自らの元にとどめておくことができたのなら。――こんなことには、ならなかったのに。

そう思うとアンセルムに申し訳なくて、シュゼットは顔を伏せた。

目の前で妹の婚約者の腕の中、夢見心地に笑っている姉を詰って、言い聞かせてやりたかった。

今、彼女が安易に捨てようとしているものの、その価値を。

だが、姉に寄り添っているシュゼットの婚約者は、腐ってもこの国の第二王位継承者だ。彼の前で滅多《めった》なことを言うわけにはいかない。

ジェラルドがそんなアンセルムを一瞥《いちべつ》し、口角を上げ、まるで勝ち誇ったような卑しい笑みを浮かべた。

婚約者としての付き合いの中で、ジェラルドが若くしていくつもの戦果を挙げ、王太子からの覚えもめでたいアンセルムに対し、妙な対抗意識を持っていることを知っていた。

おそらく、美しい婚約者を奪い取ったことで、アンセルムに一泡吹かせてやったとでも思っているのだろう。

ジェラルドのその明け透けな態度に、浅ましい心に、罵倒が口から漏れないよう、シュゼットは必死に唇を噛《か》み締《し》めて堪える。

だがその後すぐに、姉が妙案とばかりに無責任に言い放った言葉は、そんなシュゼットの忍耐を打ち砕くものだった。

「……そうだわ！　だったらシュゼットがアンセルムと結婚すればいいじゃない」

楽しげに弾んだ姉の声が、シュゼットの耳に流れ込んできた瞬間、体がびくりと稲妻に打たれたように大きく震えた。

「そうしたら当初の予定通り、アンセルムはこのルヴェリエ辺境伯家に婿養子として入れるでしょう。姉妹で結婚相手を入れ替えるだけでいいのよ」

そう言って、ミシェルは無邪気に笑う。

「それにあなたたち、昔から仲が良かったじゃない。私よりもお似合いだと思うわ」

どうやら姉は、姉妹間による婚約者の交換という自分にとって非常に都合の良い、単純明快な解決策に思い至ったらしい。

姉の言葉に、シュゼットは愕然とした。ミシェルは本当に、この事態を、ただ花嫁が入れ替わるだけでどうにかなる話だと思っているのだろうか。

これまでアンセルムが姉を手に入れるため、どれほどの努力を重ねてきたと思っているのだ。

だが、そんなシュゼットの心を嘲笑《あざわら》うように、それまで青ざめた顔で成り行きを見守っていた両親が、ミシェルのその安易な提案に乗った。

「そ、そうね。アンセルムがシュゼットと結婚してくれれば、当初の予定通り、彼がこのルヴェリエ辺境伯家を継げるものね。ノヴィール伯爵家にも申し開きができるわ」

姉がジェラルドと結婚してしまえば、アンセルムはこのルヴェリエ辺境伯領を継ぐことができなくなる。そうなれば、彼の実家であるノヴィール伯爵家に顔向けができなくなり、二人が結婚することを前提になされていた伯爵家からの支援がなくなってしまうだろう。

それどころか、約定を反故《ほご》にしたとして、これまでの支援の返還までも求められる可能性が高い。

そのことを両親たちは危惧していたのだ。だが、ルヴェリエ家のもう一人の娘であるシュゼットが、姉の代わりにアンセルムと結婚しルヴェリエ辺境伯領を継いでくれれば、ノヴィール伯爵家への義理も果たせると考えたのだろう。

シュゼットは、全身が怖気立《おぞけだ》つのを感じた。

何故だろうか。何故自分だけがこれほどまでにその存在を、その意思を軽んじられなければならないのだろうか。――――あまりにも理不尽に、不条理に。

「ねえ、どうかしら、アンセルム。そりゃあシュゼットは、ミシェルに比べれば容姿は劣るけれど、色々とわきまえている子だから、手はかからなくてよ」

母は必死に、見映えの悪い次女《シュゼット》をアンセルムに売り込む。

（見た目は悪いけれど、扱い易《やす》さや従順さが売りってことね……）

実母が下した自らの市場価値に、思わずシュゼットは失笑した。

確かにこれまでシュゼットは両親に反抗をしたことがない。常に物分かりの良い娘でいた。

けれどそれは、ただ諦めていたからに過ぎない。色々と思うことはあれど、口に出さなかったに過ぎない。それ自体が怠慢だと言われてしまえば、どうしようもないが。

そして、その結果がこれなのだ。誰もシュゼットの意思を聞こうとはしない。聞く必要がないとすら思っているのだろう。

（みんな、私の気持ちなんてどうだっていいのね）

シュゼットの心を慮《おもんぱか》る人は、この場に誰一人としていなかった。

叫びたい、と思った。声の限り彼らを罵って、ここから逃げ出したいと。

シュゼットなどを押し付けられるアンセルムが哀れだ。そして、彼の落胆した顔を見ることが恐ろしい。怖くて、顔を上げることができない。

シュゼットは、まるで処刑を待つ罪人のような心持ちになった。たとえこのルヴェリエ辺境伯家を継げるとしても、きっと彼は断るだろう。

――――だって、ミシェルとシュゼットでは、比べ物にならないのだから。

そう思ったからこそシュゼットは、次にアンセルムが発した言葉が信じられなかった。


「……俺は別に構いませんよ。シュゼットでも」


彼の言葉は、驚くほど軽かった。たいしたことのない頼まれごとをされたかのように。

驚いて思わず顔を上げれば、そこにあるはいつもと変わらない、表情の乏しい顔。悲しみも憤りも見えない。

(……アンセルムは、一体何を言っているの?)

あまりのことに、シュゼットの頭が理解することを拒否していた。もう何も考えられない。

だがアンセルムの言葉を聞いた両親は、あからさまに顔に喜色を浮かべ、これで問題が解決したとでもばかりに、ほうっと安堵《あんど》の息を吐いた。

(……ああ、そうよね。だって)

——ルヴェリエ辺境伯位を継ぐためには、仕方がないのだから。

彼の言葉は、そんな諦めの言葉のように、シュゼットには聞こえた。

次男である彼は、受け継ぐ家を持たない。故に、納得がいかずとも、この縁談を受け入れるしかないのだ。


——仕方が、ないから。

心の中でふつふつと湧き上がるのは、強烈な拒否反応だ。今までの人生で感じたことがないほどの。

だがそんなことを知る由もなく、アンセルムがシュゼットへと近づいてくる。シュゼットの体の震えがとまらない。

「——まあ、こうなったら仕方がない。あぶれたもの同士、仲良くやるしかないな」

思った通りの諦めの言葉を吐いて、ほんの少しだけ困ったように眉を下げて、アンセルムの大きな手が伸ばされる。

そして、シュゼットのぶるぶると震える華奢な肩を、宥《なだ》めるように抱いた。——その瞬間。


——シュゼットの頭の中で、ぷつり、と何かが切れる音がした。


「………っ‼」

シュゼットは、肩に置かれたアンセルムの手を、思い切り叩《たた》き落《おと》す。

「……ふざけないで」

そして、自分のものとは思えぬ低い声が、口からこぼれた。

今まで反抗などしたことがなかった娘の、ただならぬ様子に姉も両親も目を丸くする。

アンセルムもまた、叩《たた》き落《お》とされた自らの手を呆然《ぼうぜん》と見つめている。まさか拒否されるとは思っていなかったのだろう。――――おそらくは、シュゼットごときに。

「……いらないわ。夫まで姉のお下がりだなんて、冗談じゃない」

冷たい声で、その場にいた者たちに吐き捨てる。

シュゼットは、どうしても受け入れることができなかった。――それだけは、どうしても。

なんとか心を落ちつかせようと、一つ深く息を吐いてから口を開く。

「……ごめんなさいね。アンセルム。せめて夫くらいは、私だけの人が良いの。――だから、あなたは嫌よ」

仕方がないなどと言われて、諦めと妥協の末に自分の人生を消費されるなど、ごめんだ。

大きく見開かれたアンセルムの目に、悲嘆の色が浮かぶ。

それは先ほど姉に裏切りを知った時よりも、深いもののように感じた。

きっとこれで、このルヴェリエ辺境伯を手に入れることができなくなったからだろうと、シュゼットはひどく冷めた頭でそう思う。

ノヴィール伯爵家を継ぐことができないアンセルムにとって、身分だけなら生家《せいか》より上の家格となるルヴェリエ辺境伯家への婿入りは、これ以上ない良縁であったろうから。

もしかしたら、ミシェルだけではなくシュゼットにまで切り捨てられたことに、自尊心を傷つけられたからかもしれない。

彼を傷つけたという事実に、心が軋《きし》んだ。痛い。胸が痛くてたまらない。

姉の婚約者と知るまで、誰よりも仲が良かった、大切な大切な幼なじみ。

――そして、シュゼットの、初恋の人。

シュゼットは、ここで素直に喜んで、彼の胸に飛び込むことが正しいことだとわかっていた。

それが、最も誰も傷付かない、何も失わない、最良な道であることもわかっていた。

貴族の娘として生まれた以上、結婚に希望など持ってはいけないこともわかっていた。

それでも、シュゼットのなけなしの自尊心が叫んだ。――どうしても、嫌だと。

時として、感情は理性を凌駕《りょうが》する。生きている人間である以上、仕方がない。

せめて自分くらいは、自分の意思を尊重してやろう。

守るべきものを定めたシュゼットは、顔を上げて、きっぱりと言った。

「お父様、お母様、お姉様。ルヴェリエ辺境伯領は私がいただきます。――けれど、夫はいりません」

第二章　それにつける薬はない

シュゼットが初めて姉の婚約者であるアンセルムと出会ったのは、彼女が八歳の時のことだ。

領地が隣接しているため親交があったノヴィール伯爵家の兄弟と、ルヴェリエ辺境伯家の姉妹は、その日、互いの両親によって遊び相手として引き合わされた。

十歳ほど年の離れたノヴィール兄弟の兄、パトリックは明るく社交的な人物であったが、弟のアンセルムは、ひどく無表情で寡黙な少年であった。親に言われるがまま形式的な挨拶を済ませた後は、シュゼットとミシェルを前にして、何をするでもなくぼうっと佇《たたず》んでいた。

会話の上手《うま》いパトリックはミシェルを楽しませたが、やはり随分と年下の子供たちの相手は退屈だったのだろう。そのうち両親たちの会話に交ざっていってしまい、結局ミシェルとシュゼット、そしてアンセルムの年の近い三人で過ごすことになってしまった。

現在の厳《いか》つい彼からは想像がつかないが、当時十歳のアンセルムは少女と見紛《みまが》うほどに美しい少年だった。肩にまっすぐに落ちる黒髪はさらさらと風に揺れ、完璧な左右対称の美しいアーモンド型の目は、冬の海のような深い青の目をしている。まるで宝石のようだとシュゼットは良く思ったものだった。

美しい姉とアンセルムが二人で並び立てば、まるで対《つい》の天使画のようで。

凡庸なシュゼットは、入り込んではいけない気がして、どうしても気後れしてしまう。

姉のミシェルはそんな美しいアンセルムを一目見てすぐに気に入り、仲良くなろうと果敢に話しかけた。

だがアンセルムは、彼女の話に興味なさそうに、無表情のまま淡々とただ相槌《あいづち》を打つだけだ。もてはやされることを当然とするミシェルは、次第に苛立ち始めた。

当時から空気の読める聡い子供であったシュゼットは、その場に漂い始めた険悪な雰囲気を何とかしようと、気を使ってアンセルムに声をかけた。

「……ねえ、アンセルム様は今、何にご興味がおありなの？　お話を聞かせてくださいませ」

――結果的に言えば、これがどうしようも無い悪手となった。

シュゼットからの問いに、アンセルムは少々逡巡《しゅんじゅん》した後、口を開いた。

「……今年から国軍に正式導入されたという、新型の滑腔式歩兵銃《かっこうしき》が気になっています」

「…………はい？」

ミシェルとシュゼットの目が、揃《そろ》って点になった。

「これまでの単発前装式よりも、新型の滑腔式の銃は弾の装填《そうてん》が容易《たやす》くなり、連射性能が上って、さらには軽量化も進んでいるらしくて」

それまでの寡黙さが嘘のように、アンセルムは無表情のまま、雄弁に話し始めた。

その真剣な眼差《まなざ》しに、しっかり聞き取らねばと思いつつも、彼の話している内容を全く理解できない。何もわからないまま、彼の声は姉妹の耳を素通りしていく。

そもそもこれは本当に同じ言語なのだろうか。シュゼットは困りきってしまった。

「ただ、新型は不発も多いらしく、特に湿気の多い季節ではそれが二～三割にまで及ぶとか」

「へえ……。そうなの……」

ミシェルは完全に引いてしまったのだろう。その美しい顔が盛大に白けている。

アンセルムとミシェルの仲を取り持とうとしたつもりが、とんだ大惨事である。

どうやらシュゼットは、開けてはならない箱を開けてしまったらしい。

「今後の改良が待たれるところですが、俺の見解としては、火薬を包む油紙《あぶらがみ》の質で、ある程度防げるのではないかと」

まるで箍《たが》が外れてしまったかのように、アンセルムの口が止まらない。先程までの寡黙な彼は一体どこへ行ってしまったのか。

飽きっぽい性質のミシェルは、早々に白旗を揚げた。

「あらいけない。私、用事を思い出したわ。シュゼット。悪いけれど少し席を外すわね」

そしてアンセルムをシュゼットに押し付け、とっとと逃げることにしたらしい。

少しの席外しでは済まないだろうなと思ったが、シュゼットは素直に頷いた。後々面倒なことになるので、基本的に姉には逆らわないようにしている。妹の処世術である。

ミシェルがそそくさとその場を立ち去った後も、それに気付かないままアンセルムは夢中になって喋《しゃべ》り続けた。相変わらずその顔が無表情のままであることは少々怖いが。

（……きっと、話したかったんだわ）

正直なところ、彼の話している内容は九割以上わからない。だがそれでも、理解してもらおうと懸命に話してくれるその姿に、シュゼットは心打たれた。

シュゼットを育ててくれた乳母が、金を惜しんだ両親によって解雇され、城から追い出されてしまってからというもの、シュゼット相手にこんな風に真剣に話しかけてくれる人は、このルヴェリエ辺境伯領にはいなかった。

シュゼットはアンセルムの話し相手に選ばれたことが嬉しくて、何もわからないなりに微笑みを浮かべながら適宜相槌を打ち、その話を聞き続けた。

好きな武器の話から始まり、戦術の話、英雄の話、軍艦の話と、どこまでも広がり続ける彼の話を。

どうやらアンセルムは、軍事に関わること全てに、大いなる興味を持っているらしい。

――それからどれほどの間、彼は話し続けたのか。

頑張って聞き続けたものの、暖かな春の日差しに次第に眠くなってきたシュゼットがうとうとし始め、打つべき相槌の反応速度が鈍くなってきたところで、アンセルムが我に返った。

そして、その場からミシェルがいなくなっていることにも、ようやく気付いた。

「すまない。シュゼット……。こんな話聞いてもつまらないだろう……」

そう言ってしょんぼりと肩を落としたアンセルムに、確かに気付くのが遅すぎると思いつつも、シュゼットは慌てて首を振った。

「そんなことありませんわ！　むしろ私にはそういった知識がなくて、アンセルム様のお話についていけないことが申し訳なくて」

そう、本当に、嬉しかったのだ。彼が一生懸命、自分に好きなものを話してくれることが。

「家で軍事の話をすると、母上が嫌がるから……」

家族の前ではあまり話せないのだと、アンセルムは俯《うつむ》く。確かに女性は嫌がるかもしれない。

彼が可哀想《かわいそう》になってしまったシュゼットは、笑顔を作って彼に提案する。

「では、私に聞かせてくださいませ」

「え？」

アンセルムは呆気にとられた顔をした。彼の見せた初めての表情にシュゼットは微笑んだ。

「私、アンセルム様のお話を聞くの、好きです」

こんなにも好きなものを、自由に口に出せないのは、きっと辛いことだろう。

アンセルムは訝《いぶか》しむようにシュゼットを見た。だが、シュゼットからは何の裏も読み取れない。彼に対する嘲りも感じられない。

アンセルムは軽く唇を噛み締めると、小さな声で「ありがとう」とつぶやいた。

そんな風に、礼を言われることも久しぶりで、シュゼットは嬉しくなって、また笑う。

シュゼットは、人から必要とされることに飢えていた。

そしてアンセルムは、好きなことを口にできる場所に飢えていた。

たとえ、そこに互いのそんな打算があろうとも、寂しい二人が仲良くなるのに時間はかからなかった。

「なあ。俺たち友達にならないか」

彼のそんな提案が、ひとりぼっちのシュゼットには涙が出るほど嬉しくて。

「敬語も敬称もいらない。俺のことはアンセルムって呼んでくれ」

「では私のことはシュゼットと。よろしくね。アンセルム」

誰かと親しく名前を呼びあえることも初めてで。シュゼットは死んでしまいそうなくらいに嬉しかった。


それからというもの、ルヴェリエ辺境伯家とノヴィール伯爵家との交流の場で、アンセルムの相手をするのは、シュゼットの役目になった。

ミシェルがアンセルムに興味を失い、全く近づかなくなってしまったためだ。

それでもアンセルムは当初の失敗を挽回《ばんかい》しようと、会うたびにミシェルに無難な話題で話しかけたりしていたのだが、残念ながら彼に対するミシェルの心証も態度も、それ以上好転することはなかった。

そして、シュゼットは姉に冷たくあしらわれた彼を慰め、励まし、彼の話を聞いてやるのだ。

ルヴェリエ辺境伯家でひとりぼっちのシュゼットにとって、ひとりぼっちではない時間はとても貴重であり、アンセルムが特別な存在になるのは必然だった。

「シュゼット、聞いてくれ。この前兄上と軍艦マティアス号の進水式を見に行ったんだ」

「まあ！　それはすごいわね」

「大砲が二十四門もあったんだ。我が国最大の軍艦なんだぞ」

「まあ！　それはすごいわね」

「素晴らしかった。格好良かった。細部《ディテール》まで完璧だった。見ているだけで魂が打ち震えたよ。……だけど俺は、とんでもない軍事費を投入してまであんな巨大な軍艦を一隻作るよりも、中小規模の小回りのきく軍艦を何隻も作った方が有利な気がするんだ。大きいとやはりどうしても機動力に劣るだろう?」

「まあ。そうなの?」

「素人考えかもしれないが……。それに船体が大きいとやはり砲弾の被弾率も上がるだろうし」

「まあ。そうなの?」

「だが、その大きな船体をあえて晒《さら》す事で、敵の戦意を挫《くじ》くっていう効果もあるか……。ああ、今の国軍の司令官のお考えを伺ってみたいな……」

シュゼットに相槌のバリエーションが少ない上に、全く理解できない内容に的確な相槌を打つのは難しく、徐々に返答が適当になっていってしまったのは、由々《ゆゆ》しき事態である。

だが当初九割以上意味がわからなかった話が、そのうち五割程度になって、次第に本当に彼の話を面白いと感じられるようになっていった。

それは、わずかに芽吹いた小さな恋心がもたらした効果だったのかもしれない。

——大切な、大切な、幼馴染。このままずっと、仲良く過ごしていけるのだと思っていた。

互いの両親によって仕組まれたあの顔合わせが、ただの遊び相手に対するものなどではなかったことに、気付きもせずに。

『知らないようだから教えてあげるけれど、アンセルムは私の婚約者なのよ。あなたが生まれた時から、そう決められているの』

同年に生まれたミシェルとアンセルムを結婚させて、このルヴェリエ辺境伯を継がせると。そう、ずっと前から両家で取り決められているのだと。

数年後、年頃になり、妹と婚約者の友人関係を面白く思わなくなったミシェルによって、その事実を突きつけられるまで。

「この度は婚約解消おめでとうございます！　シュゼット様」

この上なくくだらない茶番劇を終え、その後に続いた両親との諍《いさか》いを乗り越え、ようやくルヴェリエ辺境伯家の王都別邸《タウンハウス》から王宮にある自室に戻ってみれば、親友兼乳兄弟であり、共に王宮で働く同僚でもあるロザリーが扉の前で待っており、満面の笑みで出迎えてシュゼットの婚約解消を祝ってくれた。

シュゼットはうんざりと天井を仰ぎ、深いため息を吐く。

どこから漏れたのかはわからないが、どうやらこの婚約解消劇はすでにしっかりとロザリーの耳にまで入っているようだ。

つまりは今頃、風のような速さで社交界中を巡り巡っているのだろう。

「……ロザリー。その表現は如何《いかが》なものかと思うわ」

「えー、だっておめでたいではないですか。あの馬鹿王子から解放されたと思えば」

うふふ、と無邪気にロザリーが笑う。全く困った友人である。

「いやぁ、これまでも散々馬鹿だ馬鹿だとは思っておりましたけれど、あそこまで馬鹿だともう突き抜けていていっそ清々《すがすが》しいですわねー！」

今頃王妃様も胃を痛めておられることでしょうね、とロザリーは肩をすくめた。

曲りなりにも王族に対して不敬極まりない言い様であるが、包み隠さぬ親友の言葉にシュゼットは少しだけ溜飲《りゅういん》が下り、心が軽くなった気がした。きっとロザリーなりの慰めなのだろう。

シュゼットとジェラルドの婚約は、ジェラルドの母である王妃の、とある意向によって決められたものだった。

だが、どうやらそれを知らないジェラルドは、この婚約を王家とルヴェリエ辺境伯家との関係強化のためだけに結ばれたものだと思い込んでいたようだ。

だからこそ、ルヴェリエ辺境伯家の娘であるのならば、姉妹どちらでも問題ないはずだと安易に考えたようだが、実際にはそんな単純な話ではない。

そもそもルヴェリエ辺境伯家は、他の辺境伯家とは違い、身分だけが高いだけの貧乏貴族だ。そのため、この婚約に政略的な意味など、実はほとんどなかった
それにもかかわらずこの婚約が結ばれたのは、ひとえに王妃の一存によるものである。

シュゼットは、十四歳の時に家を出て、以後王妃付きの上級女官として働いている。そこで、王妃

に目をかけられるようになった。

そして、王妃はお気に入りの女官であるシュゼットに、息子の再教育、もとい、お守りを押し付けたという顛末《てんまつ》なのだ。

おそらくは近々王妃から呼び出され、詳細な事情を聞かれることになるだろう。

さて、どう説明したものかと、シュゼットは頭を抱えた。

「ねえ、ロザリー。あなたがこの件に対してちっとも驚いていないってことは、何か事情を知っていたわね」

一連の話を聞いてもなんら驚いた様子を見せないロザリーに、シュゼットは恨みがましい目を向けて聞く。

「そうですわねえ。あの馬鹿お……いえ、ジェラルド殿下が、ここ一月ほど、なぜか婚約者本人ではなく、その姉君と密会を繰り返しているという噂《うわさ》は、かねがね聞いておりましたわねぇ」

「……私は全然知らなかったわ。教えてくれたら良かったのに」

言われてみればここ最近、妙に女官仲間から物言いたげな視線を浴びていた気がする。思わず頬を膨らませ愚痴を吐けば、ロザリーは肩を竦《すく》めた。

「私、噂話《うわさばなし》を聞くのは大好きなんですが、それを広めるのはあまり好きではないんですよねぇ」

そんなことを堂々と宣《のたま》う親友は、今日もひたすら我が道を行っているようである。

「そもそも『あなたの婚約者、あなたの姉と浮気しているらしいわよ』なんて何の確証もない噂を、良い人面してわざわざ当の本人に伝えてくる人間の方がいやらしくないですか？　むしろそういう人間とは縁を切った方がよろしいかと思います」

これにはシュゼットも思わず失笑してしまった。確かにそれはそうだ。本当に親友《ロザリー》がそこまで気を利かせてこのことを黙っていてくれたのかはわからないが、たとえ婚約者《ジェラルド》に浮気をされていたとしても、シュゼットにできることなど、何もなかったのだ。

結局どんな理由があれど、この婚約はシュゼットの方から解消できるものではなかった。

ならば、夫の不貞など何も知らないまま結婚してしまった方が、幸せであっただろう。

世の中にはあえて知らなくていいことも、数多《かずおお》くあるのだ。

そう考えると、今回ジェラルド側から婚約の解消を申し出てくれたことは、むしろ渡りに船であり、ありがたく思うべきだったのかもしれない。

流石に姉妹と同時進行で関係を持てるほど、ジェラルドは器用でもなければ鬼畜でもなかったようだ。

「というわけで私、人の話を聞くのは大好きなんですが、口は堅い人間なのですよ。此処《ここ》はひとつ私を信用して、ルヴェリエ辺境伯家の王都別邸《タウンハウス》で一体何が起こったのか、詳しく教えてくださいませ」

ロザリーが人の悪そうな顔で、興奮しながら聞いてくる。

確かに人に話すことは、現状を整理し、今後の見通しを立てることに役立つかもしれない。

そう考えたシュゼットは、ロザリーの好奇心でキラキラした目にいささか呆《あき》れながらも、一つ深い溜息《ためいき》を吐いてから口を開いた。

――あの婚約解消騒ぎの後、ルヴェリエ辺境伯家は大変な騒ぎとなった。

「わがままを言うんじゃない！」

そう言って両親は感情的《ヒステリック》にシュゼットを罵倒し、その頬を打った。

それから、今すぐにアンセルムとの結婚を受け入れろと怒鳴りつけた。

「そうよ。あなたが受け入れてくれれば、それで何もかもがうまくいくのよ」

姉も困ったような顔で、シュゼットを上から諭す。

こういった修羅場を嫌うジェラルドは、頬を打たれたシュゼットを怯《おび》えたように見遣《みや》ると、居心地が悪そうにそわそわとしている。

そしてアンセルムといえば、いまだに衝撃から立ち直れていないのか、シュゼットに叩き落とされた手を見つめて呆然としていた。

シュゼットはこの場において、一躍悪者となっていた。まるで諸悪の根源のように、罵られ、責め立てられている。

なるほど。人間とは、最も立場の弱い人間にすべての責を擦りつけようとする生き物なのだ。

（……本当に反吐《へど》が出るわ）

家族でありながら、ここには誰一人としてシュゼットの味方はいなかった。

だが、もう何もかもに諦めがついたシュゼットに、怖いものはなかった。

打たれた頬をそっと撫でながら、諦めたように口を開く。

「――――皆様、何やら思い違いをしているようですわね」

興奮した面々を諭すように、シュゼットから吐き出された冷静な声は、さして大きくないのに不思議とその場に響き渡った。

それまで頬を打たれようが、何と罵られようが、ずっとだんまりを決め込んでいた彼女がようやく発した言葉に、皆が意識と耳を傾ける。

シュゼットはその場にいる人間たちを見渡すと、肩を竦めて大げさな溜息を吐いてみせた。

「そもそも、お姉様。ジェラルド殿下。あなた方は自身が不貞行為を行なったということを、自覚なさっておられるのですか?」

それを聞いた誰もが口を噤《つぐ》み、これまでの喧騒《けんそう》が嘘のように静まり返った。

シュゼットの言葉は間違いなく事実であった。

シュゼットとジェラルドの婚約は、王によって認められた正式なものである。それを一方的に、心変わりを理由として破棄しようとしているのだ。不貞行為以外の何物でもない。

「つまりは、私とアンセルム様は被害者であり、お姉様とジェラルド殿下は加害者なのです。詫《わ》びていただくならまだしも、こんな風に責められる筋合いなど、まるでございませんのよ」

感情的にならず、淡々とシュゼットは言葉を紡いだ。それはむしろ彼女の怒りをひしひしと感じさせるものであった。

「ねえ、お姉様。あなたは実の妹の婚約者を奪い取ったんです。これってなかなかに大した醜聞ですのよ。そこのところ、ちゃんと理解していらっしゃいます?」

すでにこの場をシュゼットは支配していた。これまでの従順なシュゼットしか知らない両親や姉、婚約者は狼狽する。

ただ、アンセルムだけが困ったように眉を下げ、シュゼットを痛ましげに見つめていた。

「――それから、ジェラルド殿下」

突然話を振られたジェラルドが、びくりと大きく体を震わせた。シュゼットは慈愛に満ちた微笑みを作り、言った。

「どうぞご自身で、王妃様に此度《こたび》の婚約解消をお伝えくださいませ。私は王妃様のご命令の元、殿下の婚約者となりましたから。それが筋というものですわよね」

王妃がこんな醜聞の極みのような馬鹿げたことを、簡単に許すわけがない。

シュゼットは彼女に仕えた日々でそのことを知っていた。今回の婚約解消劇はおそらくジェラルドの独断で行われたものだ。

そして軽薄なジェラルドが、厳格な性格の王妃《母》を苦手としていることも、シュゼットは知っていた。

とてもではないが、婚約者の姉の方が気に入ったので婚約者を変えたいなどという戯言《たわごと》を、彼が王妃の前で堂々と言えるとは思えなかった。

だからこそ先に既成事実を作ってしまおうと、こうして愚かな行動に出たのだろうが。

「もちろんこの度の顛末《てんまつ》につきましては、私から王妃様に、別途ご報告はさせていただきますけれど」

それは、今回の件を自分に都合の良いように改竄《かいざん》するな、というシュゼットからの脅しだった。ジェラルドの顔色が変わる。シュゼットは王妃からの信頼の篤《あつ》い、お気に入りの女官だ。

おそらく王妃は、息子の言い分だけを鵜呑《うの》みにすることなく、平等にシュゼットの主張もまた聞くだろう。

ジェラルドは享楽的で、逃げ癖《ぐせ》がある。嬉しいことや楽しいことは大好きだが、辛いことや面倒なことなどは先延ばしにして、色々と理由をつけてはすぐに逃げ出してしまう。

王妃は息子のその性質を、前々から憂いていた。第二王位継承者として、不適格だと。

いずれは姉もそれに気付き、やがては苦労させられることだろう。彼の頼りなさに。

御愁傷様ね、とシュゼットは内心で姉を嘲笑してやった。彼女が羨ましがり、安易に奪った妹の立場は、実はとんでもない泥舟だったのだ。

「ああ、私はこれから公務の予定が入っていてね。すまないがこれで失礼するよ」

案の定、愛を誓ったばかりのミシェルを置いて、ジェラルドはそそくさとその場を後にした。きっと帰りの馬車の中で、必死に母親への言い訳でも考えるのだろう。

ジェラルドの情けない背中を見送った後、シュゼットは姉へと向き直る。

ミシェルが怯えた顔でこちらを見ている。初めて見た姉のそんな姿に、何やらおかしくなってきて、自然と口角が上がった。

「……さて、お姉様。本当にジェラルド様でいいの？」

そうわざわざ忠告してやったのは、せめてもの情けだ。だが、ミシェルはシュゼットを睨《にら》みつけて言った。

「も、もちろんよ！　私はジェラルド様を愛しているの！　人の気持ちはどうにもならないものなのよ……！」

「……そう。じゃあお姉様は、その真実の愛とやらを貫けばよろしいわ。もう私のことはお気になさらず」

シュゼットに、未練はもうない。ジェラルドにも。そしてこの家族にも。

「そしてお姉様。これにてあなたとの姉妹の縁は切らせていただきますわ」

シュゼットは晴れ晴れと笑った。そう、もうこれ以上、この姉と関わるつもりはない。

「今後こうして私的にお話しする機会もないでしょうから。一言だけ」

姉が目に涙を浮かべ震えている。まさか自分がこんなにも責められる立場になるとは思っていなかったのだろう。おめでたいことだ。

その姿は哀れで、相変わらず男ならばそばに駆け寄り慰めたくなるような、儚い風情である。

だが、そんなものにシュゼットの心が動くことはない。よって、容赦無く口を開いた。


「――――私、あなたのことが大嫌い」

満面の笑みで言い捨ててやると、シュゼットは踵《きびす》を返し、清々とその場を後にしたのだった。


「最高ですシュゼット様。いやぁ聞いていてスッキリしましたわ！　ざまあみろって感じですわー！」

話を聞いたロザリーが、笑い過ぎてこぼれた涙をぬぐいながら、拍手喝采をしてくれた。

シュゼットもまた、ロザリーの言葉にすっきりと心が軽くなる。

自分の行動は間違っていなかったと今でも思う。だが、それでも家族を捨てるのか、という罪悪感が、心のどこかに亡霊のようにまとわりついていた。

愛されていないことを、これほどまでに思い知らされながら、なお。

そんなシュゼットの感傷を笑い飛ばしてくれた親友に、救われた気持ちになる。

「大体シュゼット様は今まで我慢しすぎだったんですよ。これでご家族にもいい薬になったでしょう」

「どうかしらね？　残念ながらその後も大変だったのよ。姉は部屋にこもっていつまでもシクシク泣いているし、アンセルムとの結婚を受け入れないまま王宮に帰ろうとする私を、両親は怒り狂って必死に引き止めてくるし」

結局それでしつこく足止めされて、急遽《きゅうきょ》もらった貴重な休みは最初から最後まで両親の罵倒を聞くだけで終わり、泡と消えてしまった。

王妃に無断で仕事を休むわけにはいかないと言い放ち、休暇最終日にこうして逃げるようにしてこの王宮へと戻ってきたのだ。

そして、帰ってきてみれば、なぜかすでに婚約解消の情報が外部にだだ漏れている。

シュゼットはうんざりとする。本当に一体どこから漏れたのだろうか。

ルヴェリエ家の使用人からなのだとしたら、あまりにも質が低い。守秘義務について、再教育をせねばなるまい。

「ロザリー。この婚約解消って、もう女官仲間もみんな知っているのかしら」

「もちろんです。私のような下っ端のところまで回ってきているくらいですもの。おそらくは王宮で働く人間なら誰もが知っているような状態でしょうね」

ロザリーはとある男爵家の傍流の出身であり、辺境伯令嬢であるシュゼットとは身分が違うため働いている部署が違う。

王妃の話し相手や手紙の代筆、日程管理《スケジュール》等の業務を行なっているシュゼットに対し、ロザリーは王宮の清掃や料理の配膳等の下働きをしている。

そんなロザリーも知っているということは、すでに王宮の隅々までこの情報が流れているということだ。

ジェラルドが王族である以上、その婚姻に関する権限は彼の父である国王にある。

その国王から、婚約解消の許可すらまだ得ていないというのに。

シュゼットは途端に明日仕事に行くのが億劫《おっくう》になった。おそらく職場の同僚からしつこく根掘り葉掘り事情を聞かれることになるだろう。

うんざりした顔のシュゼットに、ロザリーは労わるようにその背中をそっと撫でてくれた。

ロザリーはシュゼットの乳母の娘だ。産まれた時から母はシュゼットに全く興味を抱かなかったため、シュゼットは乳母によって育てられた。

だが、シュゼットに物心がついて早々に、これ以上の賃金を払うことを惜しんだ両親によって、乳母は解雇されてしまった。

ルヴェリエ辺境伯家で、家族だけではなく使用人にすら軽んじられ、ぞんざいに扱われるシュゼットの過酷な状況を、憐れみ憂いていた乳母は、その数年後、自分の娘でありシュゼットの乳姉妹でもあるロザリーを、シュゼットを助けになるようにとルヴェリエ辺境伯家に行儀見習いの名目で送り込んでくれたのだ。

『はじめまして、シュゼット様。助けに参りましたよ』

こっそりとそんなことを言って、ロザリーはこの家の者たちが億劫がるシュゼットの世話を、進んで引き受けてくれた。

『いやぁ、これはまた聞きしに勝る悲惨な状況ですね。……滅びろ屑《くず》共が』

そしてシュゼットの身の上に眉を顰《ひそ》め、憤ってくれた。時折言葉が悪くなるのが困った優しい友達。

『いいですか。シュゼット様には何一つ瑕疵《かし》はないのです。もっと現況に怒りを持っても良いのですよ。自分はもっと大切にされるべき存在だと』

覇気のないシュゼットを叱咤《しった》し、自尊感情を取り戻すよう何度も励ましてくれた。

当時、姉によってアンセルムとの交流を咎《とが》められ、またしても一人ぼっちになってしまったシュゼットにとって、それがどれほどの助けとなったか。

ロザリーはずっと、シュゼットを陰に日向《ひなた》に支えてくれた。

とうとう家族に見切りをつけ、ルヴェリエ辺境伯領を出て、王宮へ働きに行くと決めた時にも、当たり前のようについてきてくれた。

――――シュゼットにとって、唯一無二の親友。

「……ところで、アンセルム様とはどうなさいますの？」

そして彼女は、もちろんシュゼットの密《ひそ》かな初恋も知っている。

「別にどうもしないわ。ずっとこのまま、ただの幼馴染のままよ」

ロザリーが不可解そうな顔をする。シュゼットは誤魔化《ごまか》すように笑った。

「……子供の時にもらったとかいう手巾《ハンカチ》を、今でも後生大事に持ち歩いていらっしゃるのに？」

「う、うるさいわね。いいったらいいのよ」

ロザリーの鋭い指摘に、シュゼットは思わず頬を赤くするとムキになって言い返す。

もちろんその手巾は今も持ち歩いている。シュゼットにとってお守りのようなものだ。

貰ってからずっと、まるで自分の一部のように大切にしてきた。シュゼットの幼い恋の象徴。

確かにあの時、あのまま流されてしまえば、大好きだったアンセルムの妻になることができただろう。

けれど、同時に大切な何かを失う気がした。取り返しのつかない、何かを。

だからこそシュゼットは、その想《おも》いにも見切りをつけて、思い出だけを抱えて生きていこうと決めたのだ。

「……それは、つまり？」

「一人で生きていくわ。私の人生に結婚は必要ないの」

少々悦に入りながらもそう言えば、ロザリーは呆れたようにため息を吐いた。

「あ――……。そっちの方向にいっちゃいましたか……」

そして憐憫《れんびん》を浮かべた目でシュゼットを見つめる。そっちとはどっちだと思いつつ、シュゼットは不満げに唇を尖《とが》らせた。

「女として生まれた以上、年頃になったら結婚を強いられ、さらにまるでそれこそが女の幸せであるかのように言われるけれど、望まない結婚をするくらいなら、自分の人生を大切に生きることの方がずっと良いと思わない？」

王宮で働いている間、強いられて不幸な結婚をしている人たちを多く見た。不幸になることがわかり切っているような結婚をするくらいなら、一人で生きる道を模索する方がよほどましだとシュゼットは思う。

実際、若くして夫を亡くし、生きるための再婚話を全て断り、その後何十年にもわたり王宮で働き続けている女官長を、シュゼットは深く尊敬していた。

「……まあ、それも確かに一理ありますけどね。今すぐに決めねばならない問題でもないでしょうし、もう少しじっくりと考えてから、結論を出してもよろしいのではないですか？」

相変わらずロザリーは生温い目で諭すように言う。

だから、その聞き分けのない子供をなだめるような目はやめてほしいとシュゼットは剥《む》れた。

「まあ、それはともかく。これからシュゼット様はどうなさるおつもりですか？」

「……もちろん、女官をやめて、ルヴェリエ辺境伯領に戻るわ」

ロザリーからの問いに、シュゼットはきっぱりと答える。

こうなった以上、王宮を辞して実家に戻り、辺境伯家の後継として実務に当たらねばなるまい。正直自分が領地と爵位を継ぐことになるなど、これまで一度も考えたことがなかったため、知識も経験もまるで足りないのだ。これから必死に詰め込まねばならない。

「あれ？　ちなみに女性で爵位って継げましたっけ」

後継に娘しかいない場合、通常は婿をとり、その婿が爵位を継ぐことが一般的である。

「後継となる男児が生まれるまでの中継ぎとしてなら前例があるわ。それを狙おうかと」

とりあえずは自分がルヴェリエ辺境伯家を継ぎ、その後は、いずれ生まれるであろう姉の子供を一人養子にもらって引き継がせればいいとシュゼットは考えていた。

（そう。私は、一人でたくましく生きていくのよ……！）

そんな風にうっとりと悦に入っているシュゼットに、ロザリーは呆れたように肩を竦める。

「というわけで明日、女官長に暇乞《いとまご》いをしてくるわ」

「色々とうだうだ悩まれる割には、心を決めた時の思い切りはいいですよね。シュゼット様って。……王妃様はさぞかし悲しまれることでしょう」

ロザリーがへらりと笑う。口ではそう言っているものの、内心は全くそう思っていないことがばればれである。

きっと彼女は飄々《ひょうひょう》としつつも、実は王妃の息子に対する監督不行き届きにかなり怒っているのだろう。なんだかんだ言って優しい親友である。

王妃はシュゼットのことをとても可愛がってくれた。その恩もあって、シュゼットはジェラルドとの結婚を受け入れたわけなのだが。

「私の代わりに、これからは姉が王都に残ることになるでしょう。ここから先はお姉様に頑張っていただくわ」

王妃の落胆する様子が目に見えるようだが、仕方がない。これほど噂が流れてしまえば、今回のジエラルドの愚行をもみ消し、シュゼットをそのまま王子妃に迎えることは、最早《もはや》難しいだろう。

「あらまあ、それは大変ですわね」

ロザリーがクスクスと声を上げて、意地の悪そうな顔で楽しそうに笑った。

王妃は厳格で気難しい方だ。何人もの女官が耐えきれず音を上げて自主的に退職し、それ以上に多くの女官が彼女の不興を買って解雇されている。シュゼットのような若い娘がこれほど長い期間にわたり王妃に仕えられたのは、奇跡だと周囲から言われていたくらいだ。

正直慣れているはずのシュゼットでも、彼女が義母になると考えると、少々胃が重くなる。

そんな王妃を懐柔するのは、脳内がお花畑で構成されている姉には非常に難しそうだが、そこは自分で選んだ道だ。義理の娘として頑張ってもらうしかない。

シュゼットの心はすでに王都を離れ、故郷であるルヴェリエ辺境伯領にあった。

「家を継ぐからには徹底的にやるわ。少なくともルヴェリエ辺境伯家を、ノヴィール伯爵家の支援がなくとも立ち行くようにしなければね」

アンセルムとの結婚を拒否した以上、ノヴィール伯爵家からの支援は早々に打ち切られることになるだろう。だがそもそも、他家の支援がなくば立ち行かないというルヴェリエ辺境伯領の領地経営自体にこそ問題があるとシュゼットは考えていた。

やるべきことは山のようにある。シュゼットは、気合いを入れる。

「あなたと離れるのは寂しいけれど。元気でね、ロザリー」

そして別れを惜しみ、ロザリーの水仕事で荒れた手を握って、彼女の幸せを祈りそっと額に戴《いただ》く。

乳姉妹であるロザリーの生家は男爵家の傍流であり、貴族とは言い難い家柄だ。そんな彼女にとって、下働きとは言え王宮に勤めていることは非常に名誉なことであり、後に結婚する際にも箔《はく》が付くだろう。とてもではないが、辺境の地に一緒に来てくれなどとは言えない。

ずっとそばにいた彼女と離れることは寂しいが、仕方がない。

そう思ったシュゼットが別れの言葉を口にすると、ロザリーは心外だとばかりに眉を上げて見せた。

「はあ？　何をおっしゃっているんです？　もちろん私も仕事を辞めて、シュゼット様に付いて行きますよ」

自身も王宮を辞して、シュゼットとともにルヴェリエ辺境伯領に帰るつもりだというロザリーに、シュゼットは慌てる。

「何を言っているの！　あなたにはあなたの人生があるのよ。無理に私に付き合うことはないわ。せっかく王宮に勤めているのよ？」

流石《さすが》にこれ以上自分の人生に付き合わせるわけにはいかないと首を振れば、ロザリーは呆れたように肩を竦めた。

「だってそもそも私の王宮勤め自体、シュゼット様のそばにいるために仕方なく、ですからね。シュゼット様がいないなら、続ける必要がまるでないんです。本末転倒ってやつですわ」

「え？　そうなの？」

「シュゼット様ひどいですわ。これでも私、あなたに心からの忠誠を誓っておりますのに」

「え？　そうなの⁉」

「私は一生、シュゼット様につきまとうって決めてますから」

「親友からの愛が重いわっ……！」

シュゼットの叫びに、ロザリーはケラケラと楽しそうに声を上げて笑う。

「なんせシュゼット様を見ていると面白くて飽きないので」

「ちょっと！　そっちが本音じゃないの……!?」

思わずシュゼットもつられて笑ってしまった。そして思い切りロザリーに抱きつく。

やはり口こそ辛辣だが、情に厚いこの親友のことが大好きだ。

「……本当にありがとう、ロザリー。あなたの気持ちに報《むく》えるよう頑張るわ」

正直なところ、覚悟を決めたとはいえ、敵だらけであろう故郷に一人で帰ることは、ひどく気が重かった。だがロザリーがそばにいてくれるなら、どれほど心強いか。

一人でも味方がいる。ならば逃げるわけにはいかない。

「――――では、今後の計画について話し合いましょうか」

ひとしきり笑った後、二人はこれからの展望について、相談を始めた。


次の日、シュゼットが職場に復帰すると、案の定、同僚の女官たちから意味ありげな視線を送られた。女官長の目を盗んで話しかけられ、遠回しに何があったのか問われれば、「今、私に答えられることは何もないの」とだけ言った。

そしてその後は、いつも通りの態度を貫いた。

基本的に表情や感情を制御《コントロール》するのは得意だ。虐げられて育ったことによる、長年の鍛錬の賜物《たまもの》である。

普段と変わらず淡々と仕事をこなす彼女に、女官たちは噂の真相を聞き出せず、気を揉《も》んでいる。

だが正直なところ、実際に今後どうなるのかは、シュゼット自身にも未知数である。

そのうち王家から公式に発表されるだろうから、その情報を待っていてほしいと思う。なんせ、当事者本人にも分からないのだ。

そして、昼の休憩時に女官長に辞意を伝えれば、大体の話は前もって聞いていたのだろう彼女から、やはり憐れみの目で見られた。

なにやらここ数日で一生分の憐れみの眼差しをいただいている気がする。そう思うと笑いが漏れた。

むしろシュゼットとしてはもう吹っ切れてしまい、それほど気に病んではいないのだが。

女官長から王妃に伝えると言われ、深く頭を下げる。

女官長は尊敬に値する素晴らしい上司だった。女官になりたての頃は、彼女のようにこのまま王宮で、一生働きたいと思っていたのだ。

休憩後、相変わらず好奇の視線に晒されながらも淡々と働いていると、今度は王妃から私室へと呼び出された。おそらく女官長から報告を受けたのだろう。

王妃の間の豪奢《ごうしゃ》かつ重厚な扉の前で、一つ深呼吸をする。

シュゼットは王妃のお気に入りではあるが、親しい仲にも細心の注意を払って彼女に接するようにしていた。なんせ彼女には、わざと人を試すような意地の悪いところがある。

「突然呼び出して悪いわね」

許可を得て部屋に入れば、気だるそうな様子でぐったりと長椅子に寄りかかりながら座る王妃がいた。

シュゼットは腰をかがめ、この国で最も高貴な女性へ、最上級の礼をとる。

三日ぶりに見た王妃は、悄然《しょうぜん》としていた。誇り高く、いつも自信に満《み》ち溢《あふ》れている彼女が、これほどまでに落ち込んでいることに、シュゼットは驚く。

子を持つ母故《ゆえ》の苦悩は、王妃といえど逃れられぬものなのだろう。

「あなたが仕事を休んだこの数日間、一体何があったのか聞いても良いかしら？　ジェラルドにも聞いてみたのだけれど、内容がいまいち支離滅裂なものだから……」

王妃が眉間を揉みながら、弱り切った口調で話す。

シュゼットは彼女に請われるまま話した。ここ数日間の出来事を、事細かに、偽りなく。

「本当に、あなたになんと詫びたら良いのかしら……」

詳細を聞いた王妃は悩ましげに額を押さえ、深いため息を吐いた。

息子を庇《かば》うことなく、シュゼットの話を聞き入れ、信じてくれた。実に公明正大な女性だ。

だが、そんな聡明《そうめい》な彼女でも、子育てだけはままならないもののようである。

「いえ、私がジェラルド様のお心を引き止められなかったこともいけなかったのですわ。ご期待に沿えず、申し訳ございません」

すでにシュゼットとジェラルドの婚約解消の噂は、暇を持て余した貴族たちによって、口伝えに事実として広まってしまっている。

これに関しては、両親を通さず一気に話を進めたジェラルドの作戦勝ちとも言える。

おかげで王妃は、息子の愚行を食い止めることができなかった。

「そして、お暇《いとま》をいただきに参りました。姉の代わりに後継として、ルヴェリエ辺境伯領に戻ることになりまして」

「……そう。それでは私は未来の義理の娘と、優秀な部下を同時に失うことになるのね」

悲しそうに王妃は笑った。シュゼットの心も痛む。

「本当に、王妃様には心から感謝しております。私のようなものを取り立てていただいて。……夢まで見せていただいたのですから」

シュゼットが王妃付きの女官になることができたのは、もともと王妃の友人であったアンセルムの母、ノヴィール伯爵夫人の紹介によるものだ。

アンセルムの母であるノヴィール伯爵夫人ジェニファーは、両親とは違いミシェルとシュゼットを分け隔てなく可愛がってくれた。そしてシュゼットの置かれた状況を知り、同情してくれた。

数年前、両親があからさまに金銭目的でシュゼットの縁談を見繕い始めた頃、それくらいなら自立の道を選びたいと相談したシュゼットに、助言をくれ、今の道を示してくれた。

そして、それまで全く興味を持たなかった次女が、王妃のお気に入りの女官となり、さらには第二王子の妃にまで内定すると、両親は喜び、流石は我が娘だとシュゼットを褒《ほ》め讃《たた》えてくれた。

それまで一度も両親から褒められたことがなかったシュゼットは、驚いた。

そして、今まで感じたことのない、とてつもない高揚感に包まれたのを覚えている。

だからこそなんとしても、両親の期待に応え、良き王子妃となろうと意気込んだのだ。

自己肯定感の低い人間は、自分の価値を他人からの評価に求めがちである。

今ならば、シュゼットが愛していたのはジェラルド自身ではなく、自分がこの国の第二王子の婚約者であるという、その「事実」だったのだとわかる
シュゼットが自己肯定感を失う原因であった姉にジェラルドを奪われ、気がついたのだ。

こんなにも苦しくてたまらないのは、こんなにも悲しくてたまらないのは。

初めて両親が褒めてくれた、認めてくれたその立場を失うからなのだ、と。

――――だからこそシュゼットは、もう、その全てに見切りをつけた。

あの家族に何かを期待した、自分が愚かだったのだ。

覚悟の決まったシュゼットの静かな灰色の目に、もう、彼女の心を覆せないのだと知った王妃は深いため息を吐いた。

「今までありがとう。シュゼット。あなたには本当に色々と助けられたわ」

王妃の感謝の言葉が心に深く響く。彼女には本当に可愛がってもらったと思う。

第二王子の妃となるには明らかに教養が足りないシュゼットが恥をかかぬよう、教師を付け、自分の側付きにして、高貴な女性として必要な立ち回りを学ばせてくれた。時折直々に指導をしてくれることさえあった。

血の繋《つな》がった家族はシュゼットに愛をくれない。だが、不思議と周囲には自分を助け、認めてくれる他人がいた。

「ジェラルドのことは気にしなくていいわ。自分のしたことの責任は、自分でとらせます」

その凛《りん》とした言葉に、シュゼットは深く深く頭を下げた。

本当に潔い、素晴らしい女性だ。だからこそこんな結末になってしまったことが、残念でならない。

そしてシュゼットか部屋を辞そうとした時、思わずといったように、ポツリと王妃が思いを吐露した。

「ねえ、シュゼット……。だけど一つだけ、どうしても気になるのよ」

彼女の言葉に、シュゼットは口を挟まず、沈黙して先を促す。

「……あの子、小心者でしょう？　本来はこんな大それたことをできるような子じゃないのよ」

それについては、シュゼットも王妃と同じく少々違和感を持っていた。婚約者として過ごしたこの一年で、ジェラルドの性格をよく理解していたからだ。

ジェラルドは、酷く揉《も》め事《ごと》を嫌う。

だというのに、何故大きな醜聞になると分かっていながら、姉に手を出したのか。

愛を理由としても、いささか引っかかりが残る。

「……誰かにそそのかされたような、そんな気がするのよ」

一体誰が、何のためにそんなことをしたのかはわからないが、確かに王妃の言うことは一理ある。

「それでもジェラルドがあなたにしたことは、許されることではないのだけれどね」

そう言って、王妃はまた悲しげに笑った。

それからひと月後、シュゼットは王都に別れを告げるべくまとめた荷物を、ルヴェリエ辺境伯の紋章を掲げた馬車に詰めていた。

結局、あれからすぐにシュゼットとジェラルドの婚約は正式に解消され、同時にアンセルムとミシェルの婚約もまた解消された。

そして、新たにジェラルドとミシェルの婚約が結ばれ、公に発表された。

流石にこれほど先行して噂が流れてしまえば、王家としても二人の婚約を認めざるを得ない状況だったのだろう。

どうやら世論では、シュゼットは姉に婚約者を奪われた哀れな妹として同情が寄せられ、ミシェルは妹の婚約者を奪った稀代《きだい》の悪女として、非難されているようだ。

親交のあるご令嬢やご婦人方が、こぞってシュゼットを哀れんでくれた。男の不実に悩む女性は、案外多いらしい。

知らぬ間にシュゼットは、そんな女性たちの怒りの代弁者となっていたようだ。

もちろん面白半分の人間も多いのだろうが、案外自分には人徳があったのだなと、シュゼットは笑ってしまった。

ミシェルとジェラルドが今一体何を考えているのかは、あの茶番劇以後一切顔を合わせていないのでわからない。さらにシュゼットは彼らの結婚式に出席するつもりもない。それは、姉妹関係の決裂を露呈させることだろう。

それを原因として、彼らが世間にどう思われようと、それもまたシュゼットのあずかり知らぬところだ。ぜひ二人の真実の愛とやらで、なんとかして欲しい。

両親からは、これ以上実の姉の立場を悪くする気かと怒鳴られたが、知ったことではない。

ロザリーと共に荷物を詰め終えたシュゼットは、一息つくと周囲を見渡した。

美しく華やかな王都。ここで過ごした四年間は、自分のさして長くもない人生において、最も充実した日々だった。

初めて働いてもらった給金で、自分の好きな服を仕立てられた時の喜び。たとえ高価なものでなくても、自分の力で得たものは、何よりも愛おしかった。

存在を誰にも侮《あなど》られず、蔑まれないこと。それどころか、仕事で頑張れば敬意を持たれたこと。努力は時として報われることを、初めて知った。

それはまるで乾いた土が水を吸い込むように、冷たく萎縮したシュゼットを蘇《よみがえ》らせた。

世界は、自分で考えていたよりも、ずっと広かったのだ。

ここでの生活全てが、今のシュゼットの自信となった。――――あの頃とは、違う自分。

これから待っているのは、おそらくは戦いの日々だ。二度と帰るつもりなどなかったあの家に、もう一度帰るのだから。

自分がどんな扱いを受けるのかは分かり切っている。それでも。

(頑張らなくては……)

他でもない、自分自身が選んだ道だ。逃げ出すわけにはいかない。

「行きましょう、ロザリー」

最後に目に焼き付けるようにして、王宮を眺めた後、ロザリーと共に馬車に乗り込み、ルヴェリエ辺境伯領へと向かって出発した。

「ルヴェリエ辺境伯領についたら、まず何から手をつける予定ですか？」

揺れる馬車の中で、興味津々でロザリーが聞いてくる。まずはこの親友が唯一の味方であり部下だ。情報共有は大事だと思い、シュゼットは口を開く。

「まずは情報収集でしょうね。正直なところ、ロザリーはお父様の領主としての手腕をどう思う？」

するとロザリーは、人の悪そうな顔をして笑う。

「まあ、不敬だと怒られてしまいそうな内容しか出てきませんねえ」

実の娘のシュゼットからみても、全くの同意見である。世間知らずだった頃とは違い、広く社会を知った後では、父の領主としての仕事は、ずさんとしか言いようがないものだった。

「……行き当たりばったりで、一貫性もなく、金策に行き詰まればすぐにノヴィール伯爵家に泣きつく。ノヴィールのおじさまとおばさまも、さぞかし呆れていらっしゃったでしょうね」

それでもいずれは自分の息子が継ぐ予定であるからと、仕方なく援助の手を差し伸べていたのだろう。

だがそれさえもなくなった今、根本的に領地経営を見直さねばならない。

「とっととお父様から実権を奪ってしまった方が良さそうね……」

一連の出来事で、家族であるがゆえの敬意も情も失ったシュゼットは、容赦がなかった。

そんなシュゼットを見て、ロザリーが楽しそうに笑う。

「そうですねえ。シュゼット様が当主となられた暁には、今まで散々シュゼット様を軽んじてきた生意気な使用人達も、一人一人見せしめに解雇していきましょうよ。じわりじわりと真綿で首を絞めるように思い知らせてやるんです。次にクビになるのは自分かと怯える奴《やつ》らの様を見たら、きっともっとスッキリしますわ！」

「そう言って、あなたが気に食わなかった同僚をクビにしたいだけでしょう？」

「あら、ばれましたか？」

今日もこの乳姉妹は気に食わない人間に容赦がなく、欲望に忠実である。だがそんなところも大好きである。

彼女は思っていること全てがそのまま表に出てきてしまう人間なので、何を考えているのかと勘繰る必要がなく、一緒にいてとても楽だ。常に人の顔色を窺いながら生きてきたシュゼットにとって、ロザリーの側は居心地が良い。

「流石にそういうわけにはいかないわ。もちろん相変わらず私を軽んじるようであれば、相応の対応をしなければならないけれど。彼らもまさかこんなことになるとは思っていなかったでしょうし、ある意味被害者よね。挽回する機会くらいは与えてあげても良いのではなくて？」

シュゼットがにっこり笑って言えば、ロザリーは肩をすくめてみせる。

「本当に真面目ですわねえ。まあ、そういうシュゼット様のことが大好きですけれど」

真面目なのは性分だ。今更そう変えられるものではない。

「でもそれって生きづらくはありませんか？　シュゼット様はもっとわがままに、自分の思うように生きてもいいと私は思うんですけどね」

「あら。わがままなら、言ったわ。これ以上ないってくらいのわがままを」

アンセルムと結婚しないと決めたのは、シュゼットが両親に初めて言ったわがままだ。

どうしようもなく、理に合わない、感情だけを優先させた、わがまま。

「……シュゼット様は、本当に面倒臭いお方ですわねえ」

今日も親友の毒舌は切れ味が抜群である。シュゼットの心はさっくり切れた。

だが、彼女がいつも自分を思ってくれていることを、知っている。

そして多くの場合、彼女の言葉は正しい。

ロザリーと談笑している間にも馬車は順調に進んでいく。王都からルヴェリエ辺境伯領までは、余裕を持たせた行程で、一週間ほどかかる距離だ。

そして、王都の中心を走る大通りを抜けたところで、何者かがシュゼットたちの乗る馬車に、騎馬で並走していることに気付いた。

最初は偶然かと思い、気にしないようにしていたのだが、王都を出てしばらくたっても、その者は同じ速さで馬車の隣に馬を走らせている。

「……一体なんなのかしら？」

流石に不審に思い、シュゼットはわずかに馬車の窓を開けてみる。

――――するとそこにいたのは。

「……こんなところで、なにをしているの？　アンセルム」

いつもの大仰な軍服ではなく、簡素な乗馬服を着たアンセルムだった。

太陽の下、背筋を凛と伸ばした騎乗姿の彼は、やはりとても格好が良い。

馬車の窓より高い位置にある彼の顔を、眩《まぶ》しげに目を細めながら見上げて、シュゼットは問う。

すると、彼は相変わらず動かない表情で、シュゼットの目を覗《のぞ》き込んできた。

そんな彼の顔にうっかり見惚《みと》れてしまい、シュゼットの胸が、きゅうっと締め付けられる。

なんだかんだ言って彼はシュゼットの初恋の相手であり、そして彼の顔は最高にシュゼットの好みなのだ。罪深い男である。

「こんにちは、シュゼット」

そして、見つかっても、全く悪びれる様子はない。一体どうしたというのだろうか。

「……もしかして、都落ちする幼馴染を見送りに来てくれたのかしら？」

「いや。そんなつもりはないが」

そっけない幼馴染の言葉に、シュゼットは地味に傷ついた。

たとえそうでなくとも、そこは是《ぜ》と言うべきところではないだろうか。

相変わらず空気の読めない男である。だがそれこそがアンセルムである。シュゼットは思わず気が抜けてしまった。

「あら、勘違いをして悪かったわね。では何故平日の昼間に、こんなところにいるの？　仕事はどうしたのよ？」

唇を尖らせ、少し不機嫌そうに言ってやれば、アンセルムは突然とんでもないことを言い出した。

「軍なら辞めてきた」

「――――は？」

驚きのあまり、シュゼットとロザリーが目を丸くすると、それを見たアンセルムの口角が、楽しげに、ほんの少しだけ上がった。

「そして俺はこれからお前と一緒にルヴェリエ辺境伯に向かい、辺境伯軍に入る予定だ。もちろんお前のお父上には、すでに快諾をいただいているぞ」

「――――は？」

アンセルムは、セラフィーヌ王国軍の出世頭だったはずだ。

若くしてすでにいくつもの武勲をあげており、将来を嘱望され、後は将軍かとまで謳《うた》われた男だったはずだ。

ルヴェリエ辺境伯家を継ぐため、いずれは国軍を退役する予定だと言えば、将軍直々に慰留されるほどの男だったというのに。

シュゼットは、今回の件でその予定のなくなったアンセルムが、そのまま将軍でも目指して軍に残るのだろうと思っていた。

ルヴェリエ辺境伯を継がなくとも、優秀な彼ならばいくらでも輝かしい未来が待っているはずだ。

だからこそシュゼットは、彼の将来に関してあまり心配をしていなかった。

だというのに、その国軍をやめて、ルヴェリエ辺境伯軍に入るとは、一体どういうことか。

「アンセルム。……あなた、頭は大丈夫？」

思わずシュゼットが心配すれば、アンセルムは大丈夫だ、と淡々と言って、さらに耳を疑うようなことを言い出した。

「これからは、全力でお前を口説き落とそうと思ってな」

「――――は？」

彼は本当に、一体どうしてしまったのだろうか。

あまりに想定外な事態に、シュゼットは混乱していた。

どうやらアンセルムは、まだルヴェリエ辺境伯家への婿入りを諦めていないらしい。

「もう俺は、大切なものを見誤らないって決めたからな」

彼はそう言うと、その深い海のような青の瞳でシュゼットの目をじっと見つめる。懐かしいその目に、諦めたはずの恋心が、じくじくと痛みを持って疼《うず》き出す。

「……愛している。シュゼット。俺にはお前だけだ」

そして、アンセルムが相変わらずの無表情で悪びれなく吐いた軽い愛の言葉に、シュゼットの頭に一気に血が上った。偽りの愛を口にしてまで、ルヴェリエ辺境伯家を継ぎたいのか、と。

その何もかもをわかっていながら、少々胸がキュンとときめいてしまった安易な自分自身もまた許しがたい。

これまでシュゼットは、自分をあまり感情の波のない性質《タイプ》だと思っていた。

だが、どうやらその自己認識は間違っていたらしい。アンセルムの言葉に、一瞬でシュゼットの怒りは沸点に達した。

「そんなの、信じられるわけがないでしょうっ‼」

普段声を荒げることなどほとんどないシュゼットの、珍しい怒鳴り声が響き渡る。

「そうか。ならば信じてもらえるように頑張ろう」

だが、アンセルムはそれに対し、全く堪える様子もなく、淡々と答える。

そして、そんな二人を見守っていたロザリーは、笑いすぎて馬車の床にうずくまり、腹を抱えて動けなくなっていた。

「もう！　本当に一体なんなのよーっ！」

そして、シュゼットの心の叫びは、そのまま青い空に吸い込まれてしまったのだった。

第三章　楽しい領地経営

「なぜこのような課税額になったのか、きちんと説明をしていただきたい！」

こんな金額はとても払えぬと、男は目の前の執務机に課税通知書を叩《たた》きつけ、そのふくよかな腹を揺らしながら、ビリビリと空気が震えるような大声をあげる。

そうやって恫喝《どうかつ》することで、シュゼットが萎縮し、いいなりになるとでも思っているのだろう。

おそらく、今までもそんな風にして他人の口を塞いできた輩《やから》だ。

女の分際で、というシュゼットに対する侮《あなど》りが透けて見える。

だがシュゼットは、怯える様子を一切見せず、艶《あで》やかに笑って口を開いた。

「あら？　これでも私は温情をもって、あなたにその金額を提示しているのよ？」

まるで小馬鹿にするような物言いに、男が苛立たしげにシュゼットを睨みつけた。だが彼女はその視線すらも、意に介することなくさらりと受け流すだけだ。

実のところシュゼットとて多くの女性たちと同じく、男性の大きな声は苦手だ。実際、今にも飛びかかってきそうな男を前に、ドレスの裾に隠された足はカタカタと小さく震えている。

だが、シュゼットの後ろには秘書のロザリーが控え、そして横にはアンセルムが彼女を守るようにして立っているのだ。――――怯えてなど、やらない。

「さて、それではなぜその税額になったのか。一つ一つ説明をいたしましょうか」

こういった輩は、少しでも怯えを見せたら付け上がる。シュゼットは、震えそうになる喉を必死にこらえる。

「先日、三十年ぶりに我がルヴェリエ辺境伯領全体の測量と検分を行いましたの。そこで発覚したのだけれど、あなたはこの三十年の間、新たに森を切り開き、随分と農地を広げているわね。農地の拡大をした場合、それを領主に申告する義務があるのはご存知かしら？」

この男はこのルヴェリエ辺境伯領の豪農の一人だ。多くの小作人を抱えているが、あまりよい評判を聞かない。

そして案の定、彼の所有する農地を測量してみれば、多額の脱税が発覚したのだ。

わずかに男の目が泳ぐ。やはり意図的であったようだ。

「けれど保管されていた帳簿のどこを探しても、あなたからの届け出は見当たらないのよ。つまりはこの三十年間、あなたは広げた農地分の納税を一切していないということよね。ちなみにこれは脱税と言って、犯罪行為に当たるの。おわかり？」

男は己の分の悪さに気づいたのだろう。それまで怒りで赤かった顔が、今では蒼白《そうはく》になっている。忙《せわ》しなく目が動いているところを見ると、おそらくは必死に上手い言い訳でも考えているのだろう。

「お、お待ちください。シュゼット様！　犯罪だなどと大げさな！　ただ申告するのを忘れていただけではないですか！」

結果、どうやら彼は意図的に行《おこな》ったことではない、ということを強調することにしたらしい。

「ええ、もちろんあなたは申告を忘れてしまっていただけなのよね？　だって、もしわざと申告を行なっていないのだとしたら、私、あなたを捕らえて牢屋《ろうや》に入れなくてはいけないもの」

男の顔が恐怖で引きつる。シュゼットは可憐《かれん》に笑って見せた。

それに合わせ、シュゼットの横にいるアンセルムが、いつもの無表情のまま、腰に吊《つ》るした剣《サーベル》の柄を軽く親指で押し上げ、キィンと小さな金属音を鳴らした。

怯えた男が「ヒィッ！」と短い悲鳴を上げる。

「だから私ね、温情をもって、あなたの申告が漏れた分の追徴課税を、本来なら農地を作った翌年分から遡《さかのぼ》って収めるべきところ、過去十年分だけにして差し上げたのよ」

優しいでしょう？　とシュゼットはにっこりと笑ってみせた。可憐に、そして威圧的に。

「まさかとは思うけれど、私がこんなにもかけてあげた温情を、無下にしたりしないわよね……？」


「いやあ、今日もお見事ですわー。シュゼット様」

男が執務室から慌ただしく立ち去った瞬間、後ろに控えていたロザリーは吹き出した。

今日もロザリーの主人は素晴らしく演技派である。ドレスの中の彼女の足が実は震えているなど、きっと他の誰も気がつかないだろう。

さらには、先ほどシュゼットはまるで温情で追徴税額を減らしてやったかのように言っていたが、実際には十年以上前の未納分に関しては、すでに時効を迎えており、そもそも遡って徴収することはできないのである。

よって彼に突きつけられた追徴課税は、実は妥当な金額であったりする。

だが、なんの法知識もない男は、それを本当にシュゼットの温情だと思っているようだ。

おそらくは己の保身のため、これ以上は文句を言わず、むしろ得をしたと素直に喜んで追徴分を払うことだろう。

「いずれはなんらかの理由をつけて、彼の農場に監査を入れるべきでしょうね。今回のことが脅しになって、今後は真っ当に農場経営をしてくれるといいのだけれど」

シュゼットはため息を吐いた。なかなかにルヴェリエ辺境伯領の病巣は深そうである。

「ありがとう。アンセルム」

それから、自らの横に立つアンセルムに礼を言う。

自分一人では、立ち向かうことは難しかった。彼が横にいてくれるからこそ、なんとか踏みとどまれたようなものだ。

女性の身で一人、自分よりはるかに体格の大きな男性を前に、対等にやり合うのはやはり難しい。

暴力に訴えられたら抵抗のしようがない上に、女だと侮られ、話すらまともに聞いてもらえないことも多い。

だが、大柄で無表情でとにかく威圧感が凄《すご》いアンセルムが横に立っていてくれるだけで、随分と楽に仕事が進むのだ。そのことが、ありがたくも、少し悔しい。

そんなシュゼットの葛藤に気づいたのか、アンセルムは彼女の頭をポンと優しく叩いた。

結局彼に頼ってしまっている自分が、情けない。

こんなにも甘えてしまえば、いつか彼が自分のそばからいなくなった時、一人では立てなくなってしまいそうで。それがシュゼットの目下の悩みである。

アンセルムの仏頂面を見上げながら、しっかりしなければ、と自らに気合を入れる。

そしてシュゼットは、一年前、このルヴェリエ辺境伯へ向かう馬車の中でのことを思い出していた。


「まずは領地のことを知ることから始めようと思うの」

ルヴェリエ辺境伯領の地図を広げながら、シュゼットは言った。

その地図を眺めながら、アンセルムとロザリーは頷く。

騎乗で勝手についてきたはずのアンセルムが、何故のうのうとシュゼットの馬車の中にいるかといえば、道中で雨が降ってきたからである。

流石に雨に打たれ、濡《ぬ》れそぼったまま馬に乗っているアンセルムを哀れに思い、ロザリーから物いたげな視線を受けつつも、彼を馬車の中に招いたのはシュゼットである。

そして気がついたら、晴れの日にも堂々とアンセルムが馬車の中に入り込むようになった。由々しき事態である。

『なんだかんだ言ってシュゼット様は、お人好《ひとよ》しで押しに弱いですよね……』

ロザリーに生温《なまぬる》い目で言われて、何も言い返せない自分が情けない。

だが、アンセルムはシュゼットの領地経営計画に、実に的確な助言をくれる。

そう、これはつまり実用性を重視しているだけなのである。――ということにしてシュゼットは自分を納得させている。

「領地の測量を行いたいのよね」

今、彼女の手によって広げられている地図は、随分と古い。だがこれが最新のものだと言うから呆れてしまう。

「どうやらここ数十年、ルヴェリエ辺境伯領では、まともに領地の測量が行われてないようなのよ。つまりは数十年前と同じ税率、同じ税収のままみたい」

もちろん測量には少なくない金がかかる。だからと言って、行わないのは怠慢だ。

新たに開墾されている場所も多くあるであろうし、それに伴う脱税の横行も懸念している。また、新たな資源となりそうなものを、検分することもできる。

「まずは手持ちのカードを把握し、管理することから始めなくては」

「……なるほど。ですが、地主たちの反感が凄そうですわね」

わくわくとした様子で聞いてくる、困ったロザリーの額を軽く小突いて、シュゼットは笑う。

「そこは、私が新たなこの地の後継者だってことを、大いに利用させてもらうわ」

もちろん私腹を肥やしている者たちにとって、隠し持っている財産を暴かれることは恐怖だろう。少なくない反発が起こるであろうことは、もちろん想定内だ。

「なんせ私は領地経営には素人ですもの。経験や知識が圧倒的に足りないわ。だからこそ、この領地のことを事細かに知りたいと思っているとかなんとか適当に理由をつけてしまえばいいのよ。初心者故《ゆえ》の無知を免罪符にするの。むしろ今、この機会でなければ自由にできないわ」

シュゼットの言葉に、アンセルムは確かに、と鷹揚に頷く。

「だったら俺もその検分に立ち会おう。色々と知っておきたいことがある」

「……知りたいこと？」

「俺は、お前の両親や領民たちが思っているほど、このルヴェリエ辺境伯領が安全だとは思っていない」

アンセルムのその言葉に、シュゼットは目を見開く。ルヴェリエ辺境伯領はここ二百年ほど戦火に巻き込まれていない。故に、血生臭い話とは無縁の土地だと思っていた。

「確かに国境を接するラフォン王国とは現在友好的な関係であるし、さらにあの国は穏やかな農業国だ。今すぐに何かが起こると言うことはない。だがその一方で、その隣にあるシェイエ王国は現在、我が国との間で緊張状態が続いている」

すでにいくつかの小競り合いが起きており、アンセルムも何度か国境へと派遣されている。その度に心配し、彼の無事を祈っていたから知っている。

「今のシェイエ王国の王は、ずいぶんと好戦的な男のようだ。何かしらの理由を見つけての我が国やラフォン王国への侵略を狙っている」

シュゼットはふるりと身体を震わせた。この国ではシュゼットが生まれてから一度も戦争が起きていない。シュゼットの中で戦争とは、かつてアンセルムが聞かせてくれた話の中にしか存在しない。

「もしラフォン王国が秘密裏にシェイエ王国と結託し、国土内をシェイエ軍が進軍することを許したら。もしくはラフォン王国がシェイエ王国に侵略されたら――――」

長い平和の中にいたルヴェリエ辺境伯領はあっさりと落とされ、このセラフィーヌ王国はシェイエ王国軍に手薄な場所からの進軍を許してしまうことになる。

「実際、二百年以上前に、この地が他国から攻め込まれた記録が残されているんだ」

アンセルムは軍事愛好家《マニア》である。これまで我が国で起こった戦争の記録全てがその頭の中に入っている。

どこがどのように攻め込まれ、そして、どのように応戦したのか。そこで使用された武器、戦死者数。その他諸々《もろもろ》。

軍に身を置いたアンセルムは、それらを全ての知識と能力を遺憾無く発揮し、小隊長としていくつもの作戦を成功させ戦果を挙げた。――――そう、彼は天才なのだ。

その彼が、ルヴェリエ辺境伯領を危険だと判断した。シュゼットは気を引き締める。

「あなたが軍をやめて、ルヴェリエ辺境伯軍へと入るのは、それが理由なのね」

シュゼットはほんの少しだけ心を痛めながらも、ようやくここまでの彼の奇行が腑《ふ》に落ちる。おそらくアンセルムは彼の元上司である将軍にも、そのことを進言したのだろう。

そして、だからこそ今回の除隊を許されたのだろう、と。

シュゼットが一人納得をしていると、アンセルムは怪訝《けげん》そうな顔をした。

「何を言っているんだ、シュゼット。俺は最初から、お前を口説くために軍をやめたと言っているだろう。国軍にいたらお前に付きまとえないからな」

「あなたこそ何を言っているのアンセルム……。私は今、真面目な話をしているのだけれど」

「そうか。実は俺も真面目な話をしているんだ。他のことは全てついでにすぎん。というわけで愛してる。結婚してくれ。シュゼット」

相変わらず無表情のまま軽い調子で淡々と囁《ささや》かれる愛に、シュゼットは額を押さえた。

「そう。ならば答えは否よ。諦めてちょうだい」

「断る」

今なら彼の澄ました横っ面を一発くらい殴っても許されるのではないだろうか、とシュゼットは思った。この言葉の一切通じない感じをどうしたらいいのか。

「もちろん、ルヴェリエ辺境伯領に思い入れがあるのは確かだ。いつかは自分のものになるのだと思っていたし、一国一城の主というのは男の永遠の憧れだからな。――――だが、それ以上にシュゼット、俺はお前が欲しい」

「……アンセルム。あなた本当に少し黙っていてちょうだい」

まったくもって話が進まなくなり、シュゼットはうんざりする。だがアンセルムに懲りる様子はまるで見えない。

「そうは言うが、シュゼット。実は戦場において鉄砲は、それほど命中率が高いものではない」

「……はい？」

突然今度は一体なんの話なのか。シュゼットは怪訝そうにアンセルムを見る。

「つまり何が言いたいかといえば、鉄砲は連射性能が命だ。数を打てば敵に当たる確率もまた上がるということだ」

「……はい？」

「つまり、下手な愛の告白も、数を打てば一発くらいは当たるのではないかと」

「当たるわけないでしょう‼」

真面目に聞いた自分が馬鹿だった。シュゼットは白けきった目で、思わず馬車の天井を仰ぐ。

「この前も言ったけれど、私、あなたと結婚するつもりはないわよ」

そしてもう一度はっきりと言い渡せば、アンセルムは少し眉毛を下げて、悲しそうな顔をした。

凛々しい顔立ちでそんな表情をされると、なぜか自分がひどいことをしているような気になってきて、なんとも居心地が悪い。何度も言うが、顔はこの上なく好みなのである。

「……わかっているとも。だからこそ俺は、俺という存在をお前に刷り込むため、こうして付きまとっているんじゃないか」

「………………」

どうしよう。意味がわからない上に気持ちが悪い。初恋相手であり、大切な幼馴染であるはずの彼に対し、シュゼットは素直にそう思ってしまった。

「べったりとしつこくそばにいれば、そのうち絆《ほだ》されてくれるかもしれんだろう」

「絆されないわよ……！」

二人の会話を聞いたロザリーは、やはり涙を流しながら笑い転げている。

お願いだから笑っていないで主人のために、どうかこの男を止めてほしい。

「まあ、その代わりといってはなんだが。シュゼット。お前には俺を利用させてやる」

「……利用？」

「ああ。自分で言うのもなんだが、俺は結構役に立つ人間だぞ。お前の参謀にもなるし、護衛にもなるし、使い道色々だ。遠慮せずに大いに使え」

その時は、この男は一体何を言っているのかと呆れたものだが、実際に共に仕事をしてみると、アンセルムは確かに、実に役に立つ男であった。

領地にあるルヴェリエ辺境伯邸に着けば、待っていた両親は相変わらずアンセルムと結婚しろとぎゃあぎゃあ騒いだ。

だがアンセルム自身が「自分たちに任せておいてほしい」と強く言えば、彼に怯えた両親は、それ以上は何も言わなくなった。

なんせアンセルムは、大柄で目つきが悪くて無表情で、立っているだけでも威圧感が凄いのだ。

どうやら両親も、アンセルムが傍にいれば、そのうちシュゼットが彼に絆され結婚を受け入れるだろうと判断したようだ。

シュゼットとしては、余計に絆されたくなくなる状況である。

そして、後継として父の領地経営を手伝ってみれば、父の仕事が想像以上にずさんであることが判明し、シュゼットは頭を抱えた。

おそらく、もともと難しいことを考えることが苦手な上に、物ぐさな人なのだろう。

当初はシュゼットが実務につくことを、女だてらにどうこうと文句を言っていた父であったが、シユゼットがアンセルムとともに、惰性まみれの領地経営に大鉈《おおなた》を振るい、その成果が徐々に目に見えるようになると、抵抗なく自分の仕事のほとんどをシュゼットに投げてしまうようになった。

それもまた計画通りとはいえ、領主であるはずの父のあまりの無責任さに、シュゼットは呆れてしまった。

今のところすべてが目論見《もくろみ》通りにうまく進んでいる。それもこれも、アンセルムのおかげだ。

彼がシュゼットの隣に立っていてくれるからこそ、両親や古くからルヴェリエ辺境伯邸に勤めている使用人たちも、シュゼットに対し大きく出ることができない。

なんせ、アンセルム自体も怖い上に、彼の後ろにはノヴィール伯爵家がある。

あの一件で、ノヴィール伯爵家との関係悪化を覚悟していたシュゼットだったが、ノヴィール伯爵家はこれまでの援助の一括返済を求めてくることもなく、今まで通りの親交を望んだ。

アンセルムがうまく動いてくれたのだろうと思うが、かの家もまた、そのうちシュゼットがアンセルムに絆されるだろうと思っている節《ふし》がある。辛い。

彼に助けてもらっていることを、ありがたいと思う。だが、同時に彼がいないと自分が何もできない人間のようで、ひどく悔しい。

このままで良いのだろうか、という漠然とした不安が常に心の中にある。

そして何よりも、ここまでしてもらっておきながら、シュゼットにはアンセルムに返せるものが何もないことも辛い。

シュゼットが抱えるその罪悪感すらも、彼の策略なのかも知れないが。

領地を運営する上で、女の身であるが故《ゆえ》にぶつかる壁は、高く、分厚く、今はまだとても一人では崩せそうにない。

『それは仕方のないことだ。この国はまだそこまで社会が成熟していない。だから今は俺を利用すればいい』

アンセルムはそう言って慰めてくれる。だが甘えてばかりはいられない。

いつかは彼の力を借りなくても、このルヴェリエ辺境伯領を守っていけるようにならなくてはならないのだから。

「それにしても、シュゼットの交渉術は大したものだな……」

アンセルムが感心したように言った。確かにシュゼットは交渉事が得意だ。

相手を極力不快にさせず、それでいて的確に弱みをついて自分の要求を押し通す。その手腕は実に鮮やかである。

「私、目の前にいる相手の大体の機嫌や気持ちがわかるのよね」

「読心術というやつか？」

「いいえ、そんな大したものじゃないわ。子供の頃から必死に人の顔色を窺っていたら、そのうち相手が何を考えているかが、なんとなくわかるようになっちゃったのよ」

誰からも関心を持ってもらえないのなら、せめて他人に不快な思いをさせないように。

それが幼いシュゼットの選んだ道だった。

おそらく両親の気を引こうとしたこともあったのだろう。だが、どれほど泣いても喚《わめ》いても欲しいものが得られないことを知り、幼いシュゼットは諦めてしまったのだ。

そして、シュゼットは、人をよく観察するようになった。

相手が何を考え、何を欲しているのか。何をすれば機嫌が良くなり、何をすれば不機嫌になるのか。その人間性を見抜き、それに合わせた対処を無意識のうちに行うようになってしまった。相手が望む対応をすれば、その間は平穏に過ごすことができる。

「終《しま》いには、人を観察するのが趣味になってしまって」

他人の心理を見抜いてやるのはなかなか楽しい。さらにその愚かしさを、内心で嘲笑って溜飲を下げることもある。

話を聞いていたアンセルムが、眉を顰めた。その顔を見てシュゼットは笑う。自分の性格が悪いことは、誰よりも自分自身が良く分かっている。だがそうでもしなければ、自分の心を守れなかったのだ。後悔はない。

「けれど、案外これが実益を兼ねていて役に立っているのよね」

事実、王宮で女官をしていた時、それは非常に有益だった。

仕事上、主人を不快にせず、周囲の女官たちともうまく関係を築くことが求められたからだ。

シュゼットは目立たないながらも、空気を読んで周囲の人間を不快にさせないように立ち回り、時折必要に応じて人を手玉にとりながら、無難に物事をこなすことに長《た》けていた。

だからこそ、その能力に気付いた王妃は、シュゼットに息子の再教育を任せようとしたのだろう。

「……辛くは、ないのか?」

いたわし気にアンセルムが聞いてくる。どうやら常に人の顔色を窺い続けることで、シュゼットの心が摩耗《まもう》してしまうのではないかと心配してくれているようだ。

「もう今では癖になっちゃって、無意識のままにやってしまうの。だからそれほど苦痛ではないわ。――それに」

シュゼットはアンセルムとロザリーに笑いかける。

「アンセルムとロザリーの前では自然体でいられるから。大丈夫よ。いつもありがとう」

アンセルムは付き合いが長く、人の表情を読むことに長けたシュゼットであっても、何を考えているかわからないほど無表情であるし、逆にロザリーは読む必要がないほどに、感情や考えが表に駄々《だだ》漏れている。

だからシュゼットは、気兼ねなく彼らの側にいられるのだ。

はにかんでそう言えば、アンセルムは表情をわずかに緩め、ロザリーも嬉しそうに笑ってくれた。

「ただ、アンセルムには頼りすぎている気がしていて……。本当に申し訳ないと思っているわ」

シュゼットが殊勝に詫びれば、アンセルムはまた嬉しそうにほんの少しだけ口角を上げた。

「気にするな。むしろもっと頼るがいい。そしてお前がもっと俺に依存して、俺がいないと生きていけなくなるくらいが理想だ」

「ちょっと！　怖いわよ……！」

これで口を開かなければ完璧なのに、とシュゼットは思った。もちろんロザリーはいつものように笑い転げている。

「まあ、それはともかく。シュゼット。この後の予定は？」

突然真面目にアンセルムに問われ、今日の予定を思い出す。

「書類仕事がいくつか残っているけれど、急を要するものは特にないわ。どうして？」

「いや、お前に見せたいものがあってな。ちょっと付き合ってくれないか？」

「辺境伯軍関連のことかしら？」

「ああ、そうだ。前に言っていた高台の監視塔が完成したんでな」

アンセルムの本来の主な業務は、ルヴェリエ辺境伯軍の是正である。

アンセルムが現地に着任してみれば、案の定辺境伯軍は名だけの組織となっており、とてもではないが国境を警備する部隊として不適格であった。

彼は、そんな辺境伯軍を速やかに立て直し、ルヴェリエ辺境伯領にある国境の重要性を国の軍関係の有力者に訴え、他に三つある辺境伯領の軍事費に比べれば少額なれど、それなりに多額の軍事費を国からもぎ取ってきたのである。

自己申告の通り、彼は実に優秀で役に立つ男であった。そこはシュゼットとしても認めざるを得ない。

ルヴェリエ辺境伯領は農業が主産業であるが、基本的に跡を継げる長男以外の働き口がほとんどない。よって多くの若者が働き口を求め、王都や他領地の大きな街へと出て行ってしまう。

アンセルムはそこに辺境伯軍という受け皿を作り、体力に自信のある若者たちを集めた。

そして彼らを軍事訓練だけではなく、道や水路の建設、荒地の開墾等、領地の整備にも従事させられる環境を作ったのだ。

結果、ルヴェリエ辺境伯領は、この一年でめざましく発展を遂げた。

アンセルムの功績は大きく、シュゼットとしてはそれに報えないことが、酷く心苦しいのだ。

彼に誘われるまま、アンセルムとシュゼットは国境付近を一望できるという高台へと向かう。

ちなみにロザリーは、犬に蹴られたくないからという理由で付いてこなかった。

アンセルムとシュゼットはそういった関係ではない。酷い誤解であると憤り、断固として抗議したが、やはり鼻で笑われるだけで終わった。彼女からは主人に対する敬意をまるで感じない。酷すぎる。

「今年は、天候に恵まれたな。備蓄を増やせそうだ」

アンセルムが馬車の窓から外を眺め、そこに広がる黄金色の海に目を細めた。

彼がこの地を愛《いつく》しんでくれていることを知っている。だからこそ、シュゼットの苦悩は深い。

「そうね。余剰分はできる限り買い取りましょう」

そして揺れる馬車の中、二人きりで話すのは、やはり色っぽい話ではなくひたすら仕事の話である。

合間合間にアンセルムがやたらと愛の言葉を差し込んでくるが、最近ではもう慣れてしまってあっさり流してお終いである。なんせ数打たれている弾丸なので構う義理はないだろう。

そして、到着した監視塔は、小さくともレンガでできたしっかりした作りの塔だった。

一階部分には居住空間があり、交代制で兵士たちが一日中、国境を監視し続けるのだという。

「国境が侵攻されたら、哨戒《しょうかい》兵たちがこの屋上から狼煙《のろし》を上げる」

アンセルムが屋上にある狼煙台を指し示し、シュゼットに説明をしてくれる。いつも通りの無表情なのに、どこか楽しそうなのは、気のせいではないだろう。

（本当に軍事的なことが好きなのね……）

少々呆れながらも、シュゼットは真面目にアンセルムの話を聞く。

「もし狼煙が見えたら、すぐに街の門を閉め、領民を国境付近から避難させろ。避難が終わったらあそこに見えるリール川に架かった橋を、敵に使われないよう全て落とすことを忘れるな。橋がなければ軍装を濡らし、川の中を流れに逆らいながら渡らねばならん。そうすれば敵軍の体力と進軍速度を奪うことができる。それから川の手前側に辺境伯軍を布陣させて……」

少々気が遠くなりそうになりながらも、危機管理のためシュゼットは必死に頭に叩《たた》き込《こ》んだ。

万が一、本当にそんな事態になったら、領民や領地を守るのは領主代理である自分の仕事だ。

「やっぱりあなたは、ここが危険だと思うの？」

「……この国境は他の場所よりもはるかに手薄だ。俺がもし敵側の司令官なら、間違いなくここを攻撃目標の選択肢に入れる」

「……そう」

好戦的な隣国シェイエ王国との関係は、徐々に悪化していた。何か一つ原因があれば、すぐにでも弾《はじ》け飛《と》びそうなほどに。

「何もないといいわね……」

平和に時間が過ぎますように、とシュゼットは祈った。できるならばこの狼煙台がこの先もずっと使われることがないように、と。

「そうだな……。この地が戦場にならないといいな」

アンセルムも願うように目を伏せる。

シュゼットは、アンセルムが軍事愛好家であっても、実際の戦争自体は、それほど好きではないことを知っていた。

前に、彼が兵法書で好きな言葉だと教えてくれたことがある。

兵法においての最上策は、第一に『戦争自体を起こさないこと』なのだと。

アンセルムはこうしてルヴェリエ辺境伯領を軍強することで抑止力とし、この地が敵国に狙われないようにしてくれているのだ。

「本当に、ありがとうアンセルム」

シュゼットはまた心の底から彼に感謝をした。この辺境伯領を立て直すため、返しきれないほどの恩を彼にもらってしまった。

「いや、俺も楽しんでやっている。気にするな。国軍にいた頃よりも、自分で采配できることが多い今の方が、ずっとやりがいがあって面白い」

「――――そう、なら良かったわ」

そしてそのまま寄り添って、二人で国境を眺める。

かつてより、自分が受け継ぐものとして、情報を集めていたのだろう。アンセルムはこのルヴェリエ辺境伯領に精通していた。シュゼットなど足元にも及ばないほどに。

それだけ彼が、この地に思い入れがあるということだ。

――――そして、それを彼から奪ったのは、シュゼットだった。

このままアンセルムと共に、この地を守っていけたなら、どれほどいいだろう。

それは、とても簡単なことだ。今すぐに素直に思いを告げて、彼の腕の中に飛び込んでしまえばいい。

けれど、何故だろうか。どうしても、それができない。

この一年間、共に過ごしてみて、彼が並々ならぬ覚悟を持ってシュゼットについてきてくれたことを知っている。

けれどもその一方で、彼のこの地への思い入れを見る度に、胸が苦しくなるのだ。

アンセルムがシュゼットを欲し、愛の言葉をくれるのは。

ただ、この領地が欲しいからに過ぎないのだと。

彼が欲しいのはこの領地であって、シュゼットではない。

それを思い知らされるたびに、惨めな気持ちになり心が悲鳴を上げるのだ。

本来、貴族の政略結婚はそんなものだ。恋情など介入する余地はない。

けれどシュゼットは、アンセルムに恋をしている。ずっと、ずっと昔から。

だからこそ割り切ることができない。想いを告げてしまえば、結婚をしてしまえば、きっといずれは彼の心までも期待してしまう。そして無様に縋りついて欲してしまう。

期待をしてしまうことは、怖い。散々家族に期待をしては裏切られてきたのだ。その度に、どれほど平然を装っても、シュゼットの心は磨耗していった。

そもそも期待をしなければ、裏切られることはない。手に届かなければ、それ以上欲することもない。

彼に対し、これ以上惨めな思いなど持ちたくはないのだ。きっと、今のように対等ではいられなくなってしまう。――――だからこその現状維持。

臆病なシュゼットは、そうやって、自分の自尊心を守っている。

すぐ隣にあるアンセルムの二の腕に、何となく頭を預ける。ほんの少しだけ体重をかければ、鍛えられた筋肉の、固い感触が側頭部に伝わる。

すると驚いたのか、アンセルムが大きく一つ震えて、なぜか手をそわそわと動かしている。

おそらく、このままシュゼットの肩を抱いてもいいものか、悩んでいるのだろう。

そんな彼の動揺が面白くて、クスクスと声を上げて笑ってしまった。

この一年間、ずっとシュゼットのそばにいながら、彼は一度たりとも強引なことはしてこなかった。

そのことはとてもありがたいのに。

（いっそのこと、強引に奪ってくれたら――――）

この意固地にも諦めがつくのかもしれない。

そんなことを思ってしまう、身勝手すぎる自分に嫌気がさして、シュッゼットは現実から目をそらすように、そっと目をつぶった。

第四章　酒は飲んでも飲まれるな

「おはようシュゼット。今日も美しいな。愛してるぞ」

「……おはようアンセルム。ありがとう。今日も元気そうでなによりだわ……」

いつもの挨拶を交わし、シュゼットは呆れて小さく笑う。

今日も相変わらずアンセルムは、まるで呼吸をするように惜しみなくシュゼットに愛の言葉を寄越《よこ》す。今ではすっかり慣れてしまって、いつものルヴェリエ城の日常風景となってしまった。もう周囲の人間も誰も何も言わない。

結局この城に住み着いてしまったアンセルムは、すでに両親からも使用人たちからも、シュゼットの夫のような扱いを受けている。

もちろんシュゼットにそのつもりはないのだが、徐々に外堀を埋められている感じがひしひしとしている。

シュゼットが考えていたよりもずっと、アンセルムは気が長く、辛抱強い策士であった。

シュゼットはシュゼットで、彼がいつも隣にいて助けてくれることが日常になってしまっていることが恐ろしい。

――彼を失った後のことが、まるで想像できない。

依存させて自分から離れられないようにする、と言った彼の言葉は、正しく実行されているようだ。

「シュゼット、今日の予定は？」

いつものようにアンセルムが聞く。シュゼットは笑って答えた。

「今日は午前中に近くの孤児院の慰問にいくわ。その後、先日締めた前年度分の税金の収支報告の精査をする予定よ」

近くの孤児院から、慰問の要請が来ていた。この辺境伯領に戻って二年。ようやく領地経営が軌道に乗り、緊急性のない一般の要請にも対応ができるようになってきていた。

「そうか。ならば付き合おう」

シュゼットが外出をするとき、アンセルムは必ず同行を申し出てくれる。どうやら護衛まで兼ねてくれているらしい。

アンセルムに甘えすぎている自分を、反省する日々である。

そうして城近くの教会に併設された孤児院に着くと、小さな子供たちがシュゼットたちを歓迎してくれた。

これまで自分より小さな子供と触れ合う機会があまりなかったシュゼットは、その差し伸べられる小さな手のひらに、胸がきゅうと締め付けられる。

一体なんなのだろう。この可愛い生き物は。

子供たちを見つめていると、つい顔が緩んでしまう。

孤児院に行くなら子供達に、と厨房《ちゅうぼう》の者から渡された焼き菓子を、差し出されたその小さな手のひらに、一つずつ渡していく。

子供達は皆プクプクとした頬をしており、着ている服も清潔で、健康そうだ。

その滑らかな頬を指で突っつきたくなるのを我慢しつつ、シュゼットは周囲を抜け目なく検分する。

どうやらこの施設の運営に大きな問題はなさそうである。ここを管理している神父達も、善良そうな雰囲気だ。

「楽しそうだな。子供は好きか？」

アンセルムに問われ、我に返ったシュゼットは頬を赤らめた。

「今まで子供と接する機会があまりなかったから、わからないのだけど」

そう言っている間にも、シュゼットのドレスの裾に子供達がまとわりついてくる。

神父たちが慌てて止めようとするが、子供達はどこ吹く風だ。

「とても……とても可愛いと思うわ」

思わず声が震えた。そんなシュゼットを、アンセルムは優しい目で見つめていた。

シュゼットは目の前でドレスにうっとりと触れている少女の、柔らかな髪を撫でてやる。すると彼女は気持ちが良さそうに、目を細めた。

育てられないからと若い母親から孤児院に預けられたばかりという、生まれて間もない赤ん坊も抱かせてもらった。ふわふわで無力で、甘い匂いがする。やはりなぜか、胸がきゅうっと締め付けられ、痛くなった。

結婚はしないと決めていた。このまま、男を必要としない人生を送るのだと、ロザリーに偉そうに宣言までしていた。

後継に関しても、いずれは姉の子供を一人養子にもらえばいいと。

それはつまり、自分自身の子供を得ることはないということだ。

そのことをシュゼットは、今まで悩むこともなく普通に受け入れていた。だが、こうして子供達に触れてみて、自分が今手放そうとしているものの大きさを改めて思い知った気がした。

「……本当に、可愛い」

何故か、その腕の中の重みに、涙が出てきてしまいそうになる。

今頃になって、頭の中がぐちゃぐちゃにこんがらがってきてしまった。一体何が正しいのかわからない。

すると、大きな手のひらが、そっと宥めるようにシュゼットの背を撫でてくれた。

その温かさに、少し心が落ち着く。

来た当初はその無表情と威圧感から子供達に遠目で見られていたアンセルムだったが、今では子供達が腕に何人もぶら下がっている。背中にもどうやらくっついているようだ。

だが、アンセルムは嫌がるそぶりを見せず、むしろ楽しそうにしている。

どうやら意外にも子供好きらしい。シュゼットは彼の新たな一面を知った
そして、いつかアンセルムが自分以外の他の女性と結婚することを想像する。そして、その女性との間に子供を作り、家族を作る姿を。

それは彼が姉と婚約していたときよりも、ずっと現実味を持って、シュゼットの心を抉《えぐ》った。

心臓が、凍えるように冷たく、痛い。

(馬鹿みたい。そんなの、今、考えるべきことじゃないわ)

今更だとシュゼットが軽く首を振って、思考を切り替えようとした、そのとき。誰かが彼女のドレスの裾を引っ張った。

その方向へ顔を向ければ、十歳をいくつか超えたくらいの少年がいた。そして、彼はわずかに逡巡した後、恐る恐るシュゼットに向かい、口を開いた。

「あ、あの、ミシェル様はお元気ですか……?」

久しぶりに聞いた姉の名前に、シュゼットが目を見開く。

ルヴェリエ辺境伯家の姉妹の事情を知っているのか、神父が慌ててその少年の口を塞いだ。

「シュゼット様！　誠に申し訳ございません！　なにぶん子供の言うことですので……！」

恐縮してペコペコと頭を下げる神父に、シュゼットは気にしていないというように微笑んで首を横に振り、そして聞いた。

「……お姉様はよくここに来ていたの?」

「は、はい。時折、いらっしゃっていました……」

シュゼットは驚く。姉がそんなことをしていたとは知らなかった。

「ミシェル様は、子供がお好きだったようで。よく焼き菓子などをお持ちになっては子供達に配っておられました」

「まあ、そうなの……」

道理で孤児院に慰問に行くと言ったシュゼットに、慣れた様子で厨房の者が焼き菓子を用意してくれたわけだ。アンセルムに引き続き、今度は姉の意外な一面を知って、シュゼットは驚く。そして、神父を下がらせると、しゃがみこんでその少年と目線を合わせた。

「ミシェル様は、お元気なのでしょうか……？」

少年は不安そうにシュゼットに聞いた。シュゼットは曖昧に微笑む。

シュゼットは、結局姉の結婚式には出席しなかった。今、彼女がどうしているのか、あまり興味もないし詳しくは知らない。

だが、風の噂や両親の話を聞くに、随分と嫁ぎ先で苦労をしているようだ。

あの甘ったれた性格で、魑魅魍魎《ちみもうりょう》が跋扈《ばっこ》する王宮で生活するのは、さぞ大変なことだろう。

もちろんそれに同情するわけではない。こうして今は充実した日々を送っているから思い出すこともなくなったが、それは、許すとはまた別のことだ。

「ミシェル様に優しくしていただいたんです」

子供達の目は純粋な思慕にあふれていた。なんともいえない感情が胸を焼く。

「……ごめんなさいね。姉は遠いところに嫁いでしまったの」

そう伝えると、子供達が悲嘆にくれた顔をした。きっと慰問に来た姉は、子供達の目には優しく美しい天使のように映っていたのだろう。

「難しいかもしれないけれど、もし、機会があれば、あなたたちに会いにくるように伝えるわ」

そう言ってシュゼットは、落ち込む子供達を慰めた。

孤児院からの帰りの馬車の中で、シュゼットはぼうっと思案に暮れていた。

ずっと、姉が嫌いだった。自分とは違い、ありとあらゆるものに恵まれている姉が。

――――けれど。

「思い返してみれば、お姉様から何かをされたことって、あまりなかったかもしれないわ」

婚約者を奪われた以外には、目に見えてひどいことを姉本人からされた記憶はない。

彼女自身、妹《シュゼット》に興味などなかっただろうから。

シュゼットの心を傷つけたのは、どちらかといえば姉よりも、両親を始めとした大人たちだった。

彼らが姉妹に明確な差をつけ、区別し、断絶させたのだ。

「……ミシェル自身、それほど悪意に満ちた人間、というわけではないからな」

アンセルムの言葉に、シュゼットは俯く。

「……まあ、とんでもなく無神経な人間ではあるだろうが」

アンセルムの言葉は実に正しい。だからこそ過剰に神経を使いながら必死に生きてきたシュゼットは、姉のその無神経さが余計に許せなかったのかもしれない。

「人間って、思った以上に多面性のあるものなのね」

多少人の顔色が読めるからと、すべて分かった気になっていたシュゼットは反省し、ため息を吐いた。

城に戻り、軍の仕事があると言うアンセルムと別れ、シュゼットが思案にくれながら執務室へ向かい廊下を歩いていると、背後から猫なで声で声をかけられた。

その聞き慣れた声に、思わず全身が粟立《あわだ》つ。

「あらシュゼット。帰ってきたのね。ちょうどよかったわ。あなたに会わせたい方がいるのよ」

母は、このところ、やたらとシュゼットにちょっかいをかけてくるようになった。

可愛がっていた長女が結婚して家を出て、干渉する相手がシュゼットしかいなくなったからか。それとも今まで手をかけられなかった次女に、今更ながら罪悪感でも湧いたのか。

どちらにせよ、これまで散々放置されてきたシュゼットには、困惑しかない。

幼かったころはあんなに欲していた親の関心が、大人になってしまった今では重たくて仕方がないのだ。

もう判断能力のある大人となった以上、親からの過度な干渉などシュゼットは必要としていない。

「お父様の大切なお客様だから、ちゃんとお相手してちょうだいね」

母の媚《こ》びた表情に嫌な予感がする。断りたいと思ったが、領主である父の面目が立たないというのでは仕方ない。実務からはほぼ退いたとは言え、辺境伯は未《いま》だ父である。

今日はこれから昨年度分の勘定の精査がしたかったというのに。

シュゼットは一つ深いため息を吐いた。

「……わかりました。では後ほど伺います」

そして、そう言って安易に頷いたことを、数時間後、シュゼットは猛烈に後悔することになる。

大衆の酒場というのは面白い。誰もが楽しげに大きな声で喋り、声を上げて笑い、時に踊り出す。

「ん――っ！　美味しいわ！」

錫《すず》で作られた大きな器に、なみなみと注がれた麦酒《ビール》を煽《あお》ると、シュゼットは思わず声を上げた。疲れた体に染み渡るように酒精が回る。

もちろん貴族が好む繊細な味の葡萄酒《ワイン》も美味しいが、こういった庶民向けの酒もなかなかに美味しい。

そんなシュゼットを見て、アンセルムが楽しそうに目を細めている。

「麦酒もなかなか美味《うま》いだろう。俺も軍に入ってから飲むようになったんだが、この泡とコクがなんとも言えなくてな」

だからシュゼットにも飲ませてやりたかったんだ、とアンセルムがまた目を細める。

自分が何か美しいものを見た時や美味しいものを食べたりした時、それを共有したいと思える相手が愛する人なのだと、かつて仕えた王妃が恋愛小説を読みながらうっとりと宣っていたことを思い出す。

シュゼットは、思わず頬が熱くなり、それを酒精《アルコール》のせいだとごまかした。

「それにしても一体どうしたんだ？　お前が酒を飲みたいと言い出すなんて珍しい」

アンセルムに不思議そうに問われ、シュゼットはまた深いため息を吐いた。

色々あって憤りを抑えられず、シュゼットは仕事を終えたアンセルムを捕まえ、「周囲を気にせずお酒が飲みたいから何処かに連れて行って」と無理を言い、夜中に二人でルヴェリエ城を城を抜け出したのだ。

そして、アンセルムが用意してくれた質素な綿の服に着替えると、城近くにあるこの酒場へ連れて来てもらった。どうやら彼が気軽に飲みたい時に使っている店らしい。

「私にだってたまには楽しく飲んで、何もかもぱあっと忘れたくなることがあるのよ」

実はシュゼットは酒に強い。だが、特段飲酒を好んでいるわけではない。

過度な飲酒は健康に悪いし金もかかる。よって、合理主義者のシュゼットは人との付き合いで最低限飲むことはあっても、自分から進んで酒を飲むことはほとんどないのだ。

だというのに、こうしてアンセルムを誘い自ら酒を飲んでいるのには訳があった。

「……なにがあった？」

優しくアンセルムに問われ、麦酒の酒精によって少し自制の箍《たが》が外れていたシュゼットは、ポロリとこぼしてしまった。

「……両親から結婚しろって言われたの」

「え？　俺と？」

「いいえ、違う人と」

「なんだって⁉　誰と？」

アンセルムがガタッと大きな音を立てて、椅子から立ち上がった。

その剣幕《けんまく》に、シュゼットは驚いて、目を見開く。

「よく覚えてないわ。どこかの侯爵家の次男だか三男だかで」

「侯爵家だと……？　それでお前はどう答えたんだ？」

矢継ぎ早に聞かれ、シュゼットは驚きを隠せない。まさかそんな馬鹿な話を自分が受けるとでも思っているのか。

「もちろん断ったわよ。冗談じゃないわ」

思わずぷいっとそっぽを向いて言ったその言葉に、ふーっと深い息を吐いて、アンセルムは脱力するように椅子に座った。

母が大切な客といった相手は、案の定、シュゼットの結婚相手にと両親が見繕ってきた男だった。侯爵家の次男だか三男とかで、前妻を病で亡くしたというシュゼットより十七歳も年上の男だ。無駄に長ったらしい名前を教えられたがすでに覚えていない。

侍女たちによってわざわざ着替えさせられ、念入りに化粧を施されてから客室へと送り出された時点で、嫌な予感はしていたのだ。

父と談笑している男に形式的な挨拶すると、彼はシュゼットをまるで値踏みするように不躾《ぶしつけ》にじろじろと見つめた。それももちろん不愉快だったが、何よりも不快だったのは。

『いずれ結婚したら、シュゼット嬢には領地経営から手を引いてもらって、家庭や社交に専念して欲しいのですよ』

どうやらシュゼットの見た目は及第点だったらしく、結婚の話を進めたいとにこやかに話しかけてきたその男に、そんなことを宣われたことだった。

これまでのシュゼットがしてきた努力や、上げた成果などまるで考慮されていない。

男の言葉に、当然のように同意し、頷いた両親に対しても、憤りが湧いた。

両親もまた、このルヴェリエ辺境伯領の発展のためにと、必死に働いていたシュゼットのことを、まるで認めていなかったのだ。

父の大切な客だかなんだか知らないが、シュゼットは怒りのまま早々にこのくだらない縁談を切り捨てることにした。その視線、その態度から男がシュゼットを見下していることは明らかであったし、他者を支配下に置きたい性質の人間であることも見抜いていた。

よって、下手に希望を持たせると、面倒な相手だと判断した。

「申し訳ございませんが、私はあなたと結婚するつもりなどございません。そもそも結婚しようが何だろうが、領地経営の実務から離れる気など、小指の爪ほどもございませんのよ」

そう言ってやれば、その男は不可解なものを見るような目で、シュゼットを見てきた。

「ですが女性の身で領地経営など大変でしょう？」

大変か大変でないかと聞かれれば、大変に決まっている。だがそれは別に性別に起因することではない。シュゼットは鼻で笑ってやった。

「ですから、そもそも私はあなたと結婚する気などまるでないと申し上げておりますでしょう？　なんの関係もないあなたにそんなことをわざわざ心配していただかなくても結構ですわ。どうぞお引き取りくださいませ」

生意気な女だと腹を立てたその男は、シュゼットを罵りながら帰って行った。そもそも自分もまた選別される立場であるということを、まるで理解していなかったのだろう。

その後、もちろんシュゼットはいつものように両親から怒鳴られ、責め立てられた。

もう二十歳を超えたというのに、婿も取らず、子供も産まず、一体どうするつもりだと。

おそらく彼らは、もっと早い段階で、シュゼットが常にそばに置いているアンセルムに絆され、あっさりと結婚するだろうと思っていたらしい。

だがいつまで経《た》っても、シュゼットとアンセルムの関係は進展しない。

さらには領地経営がうまく進み、ノヴィール伯爵家の力を借りる必要がなくなったため、彼らの中で、後継がアンセルムでなければならないという必要性もなくなり、強硬手段に出たようだ。

シュゼットとしては、いずれ姉夫婦のところに生まれるであろう子供を一人ルヴェリエ辺境伯家に養子に迎え、後継とすることを考えていたのだが、結婚して二年が経っても、未だ姉夫婦に子供ができる気配がない。

そのこともあって、とうとう両親が業を煮やしたということらしい。

『子ならば、少しは親の言うことを聞け！』

そう父親に怒鳴られたシュゼットは、怒りのあまり、我を忘れそうになった。

自分は一度だってシュゼットに対し親らしいことをしたことがないくせに、よくもぬけぬけと子の義務などを口に出せるものだ。

『……お父様、お母様。ご自身の今までの私への言動を顧みてくださいな。そしてこれまであなたたちが与えることのなかった親子の情などと言うものを、私に求めるのはおやめください』

シュゼットは両親を睨みつけ、厳しい声でぴしゃりと言い放った。

シュゼットの鋼色の目は冷たく、情と名の付くものを一片たりとも感じることができない。娘を侮っていた両親は、その雰囲気に呑まれ言葉を失う。

『今更おこがましいのよ。恥を知るがいいわ！』

怒りのあまり、敬語さえ出てこなくなってしまった。悔しくて視界が滲む。

可愛い長女とは違い、可愛くない次女。疎ましい娘。

だと言うのに、結局手元に残ったのはその次女。知らないうちに余計な知恵をつけ、小賢《こざか》しくなった手に負えない娘。

御愁傷様なことだと思う。だが、それもまた彼ら自身の行動に起因しているのだ。諦めてこれ以上シュゼットに何かを望むのは欲しい。

そしてぐちぐちと言い訳を始めた両親を放置して、シュゼットは鬱憤を晴らすべくアンセルムを探しに行ったのだ。

「はあ……心底うんざりだわ」

シュゼットが肩を落とすと、アンセルムがなだめるように肩を優しく叩いてくれた。思わず目頭が熱くなるのを必死に堪える
「……まあ、焦る気持ちはわかるのよ」

貴族として、家の存続はなによりも優先されるべきものなのだろう。

シュゼットとて、いつかは相対せねばならない問題であることは、わかっている。

だがどうしても、両親に対するわだかまりは消せなかった。

「……お前は、本当に結婚をするつもりはないのか？」

アンセルムから、どこか詰るような声で問われ、シュゼットは思わず言葉に詰まる。

今はまだ、結婚をする気にはならない。領地経営の仕事は目が回るほど忙しく、けれどとても楽しく。努力した分だけ結果がついてくることが、嬉しくてたまらないのだ。

わかりやすく目に見える成果は、シュゼットの傷ついた自尊心を慰撫《いぶ》した。

けれど、結婚をしたら、これら全てを夫に取り上げられることになるだろう。

そして、結婚後のシュゼットに求められるのは、夫に傅《かしず》き、望まれるまま子供を産み、育て、老いることだけだ。

もちろんそれもまた尊い仕事であることはわかっている。だが、シュゼットはそのために今の充実した生活を手放すつもりはなかった。

「だって結婚しても、良い未来が見えないんだもの」

「……だが、このままというわけにいかないことも、わかっているんだろう？」

問題を後回しにしている自覚があったシュゼットは、顔を歪めた。

そういった全てを一時的にでも忘れ、楽しくお酒を飲みたくて誘ったというのに、今日のアンセルムはやたらと深追いしてくる。シュゼットはだんだん腹立たしくなってきた。

結局彼は、ルヴェリエ辺境伯を継ぐことを諦めていないのだ。だからこそシュゼットのそばにいて、シュゼットの心を得ようとしてくるのだ。

――それをわかっていてなお、彼を拒否できない自分が情けなかった。

「わかっているわよ。だけど、今はまだ、何も考えたくないの」

そう吐き出すようにいって、また麦酒を呷る。先ほどまで心地よかった苦味が、やたらと喉に張り付いて不快に感じた。

「だがもう、悩んでいる時間も、あまりないだろう」

アンセルムがいつになく食い下がってくる。シュゼットはふつふつと怒りが湧いてきた。

彼が言いたいことは、わかっている。

どう考えてもシュゼットの結婚相手として最適なのは、アンセルムだ。

アンセルムは身分も実力も申し分なく、そしてシュゼットの意思を無視するような真似《まね》もしない。そして、誠実な男だ。結婚すれば、おそらくはシュゼットに貞節を誓ってくれる。

――たとえ、そこに愛がなくとも。

シュゼットは目を伏せて、心の痛みをこらえた。

おそらく、今回の件でアンセルムは焦りを感じ始めたのだろう。

ここまで尽くしてきたルヴェリエ辺境伯領を、突然他の男に奪われるなど、さすがに許せるものではない。

もしかしたら今回の縁談自体、両親がアンセルムに対し、発破をかける意味で仕掛けられたものなのかもしれない。

「――愛している。俺では駄目なのか?」

けれど、彼のくれるたくさんの愛の言葉を、シュゼットは未だに信じていなかった。

「前にも言ったように、私、夫はいらないのよ」

結婚をする気は無かった。アンセルムとも、他の誰とも。

だから、そう言い切った。すると明らかにアンセルムの顔に落胆の色が浮かぶ。

そうまでしてこのルヴェリエ辺境伯家の当主の座が欲しいのかと、シュゼットは投げやりな気分になってきた。

錫《すず》の器を呷《あお》り、ぐびぐびと喉に勢いよく麦酒を流し込む。心臓の音が大きくなり、血が勢いよく体を巡るのがわかる。やがて、酒に強い彼女にしては珍しく、思考に靄《もや》がかかってきた。

後継、ということは、ルヴェリエ辺境伯家に求められているのは子供だ。『結婚』ではなく。

「……そうね。夫はいらないけれど、子供は欲しいかもしれないわ」

今日孤児院で見た子供達は、みんな可愛かった。なんの見返りも望まずに愛情を注ぐことができる存在。シュゼットはうっとりと目を細める。

「そうしたら後継に悩むこともないし、両親も納得してくれるんじゃないかしら」

「………………」

アンセルムの顔を見ることができず、酒場の小さな窓から外を眺めながら、酔った勢いで心にもない言葉を吐き出す。

「いっそのこと、後腐れのない相手を見繕って、子供だけ産むのも悪くないかもしれないわね」

そうすれば、後継が手に入るが、夫はいないため、シュゼットは現状を手放す必要がない。

もちろん倫理的に周囲からは良い顔はされないだろうが、そんな生き方もあっていいのではないだろうか。

「……なんて。冗談よ。ごめんなさい。本気にしないで。酔った上でのほんの戯言よ」

そしてもちろんそんなことを行動に移す勇気などない。シュゼットは、顔を上げ、笑ってごまかそうとした。

だが、アンセルムの顔を見て、思わず喉がヒッと音を立てた。

「――ふざけるなよ？」

アンセルムは怒っていた。付き合いの長いシュゼットであっても、これまで見たことがないほどに。しまった、と思う。酷い失言だった。普段の自分なら絶対に口に出さない類のものだ。アンセルムの怒りも当然のことだ。

「一体どこの誰から子種をもらってくるつもりだ？」

怒気に満ちた青い目で射抜かれ、シュゼットは恐怖で動けなくなってしまった。

彼にこんな目で見られたことなどない。ぞくりと背筋が冷え、カタカタと体が震える。

まるで肉食獣の前に放り投げられた兎《うさぎ》の気分だ。心地よいほろ酔いが一気に冷める。

どうやら自分は、彼の逆鱗《げきりん》に触れてしまったらしい。

「だから冗談だって言っているでしょう！　大体そんな当てないわよ！」

慌ててなんとか言い返したが、アンセルムの目は据わったままだ。

「――だったら、俺でもいいだろう」

アンセルムが相手では後腐れしかないだろうと思ったが、シュゼットはアンセルムの怒気に呑まれ、何も言い返すことができなかった。

アンセルムがゆらりと立ち上がり、シュゼットに近づく。思わず座った椅子ごと音を立てて後ずさるが、あっさりと力強い腕に抱き上げられる。

「きゃあ！」

そして、浮遊感に驚いたシュゼットは、思わずアンセルムの逞《たくま》しい首に腕を巻きつけてしまった。

「ほう、やけに積極的じゃないか」

意地悪げに耳元で低く良く響く声に囁かれ、腰が抜けそうになる。

この酒場は、その多くがそうであるように、二階が宿泊施設になっていた。

アンセルムは酒場の主人に金を支払うと、シュゼットを抱いたまま、その建物の二階の一室へと向かう。

「ちょっと！　アンセルム！　下ろしてったら‼　あなた、酔っているのよ！」

シュゼットは彼の腕から逃れようと暴れるが、その抵抗を物ともせずアンセルムはシュゼットを運んでしまう。

やがて粗末ながらも清潔な小さな部屋へと入ると、アンセルムは後ろ手に鍵をかけ、シュゼットを寝台へと下ろした。

恐る恐るシュゼットは、アンセルムの顔を見上げる。彼は相変わらず怒りを内包した冷たい表情のままだ。シュゼットは泣きそうになった。

この辺境伯領に戻ってから二年間、いつもそばにいた。

辛い時も苦しい時も。楽しい時も幸せな時も。

そんな彼は、一度だってシュゼットの意思を無視したりはしなかった。

だから、こうして初めて彼が強引な行動に出たことに、シュゼットは驚き、悲しみ、そして、心のどこかが高揚していた。

アンセルムがシュゼットの体にのしかかってくる。その感じる重みに、じんと腰が痺《しび》れた。

「あ……っ！」

やがて彼の唇が、シュゼットの唇に降りてきた。筋肉でどこもかしこも硬いアンセルムの唇の思わぬ柔らかさに、シュゼットは少し驚く。

最初は触れるだけの優しい口づけが繰り返される。角度を変えてなんども唇を啄《ついば》まれ、シュゼットの頭がぼうっとしてきたところで、酒精の味がまとわりついた舌が、口腔《こうこう》内に入り込んできた。

「んっ！　んんっ！」

アンセルムの舌が、丹念にシュゼットの口腔内を探る。喉の奥、上顎、舌、そして歯の一本一本まで。

「ふうっ……んん‼」

呑み込みきれない唾液が口角からだらしなく溢れた。必死に彼の体を押しのけようとするが、やがては体力が尽き、されるがままになってしまった。

そしてアンセルムがシュゼットの服の胸元の紐《ひも》を、器用に解《ほど》いていく。貴族の衣装と違い、布でできた柔らかなコルセットはたやすく外されてしまう。

ようやく唇が解放されたと思えば、アンセルムの舌が、シュゼットの白い首筋を伝い、胸元へと落ちていく。時折強く吸い上げられ、ちりっとした痛みが肌に走る。

「や……、だめ……」

かろうじて抗議するが、アンセルムは止まる様子を見せない。

そしてシュゼットの胸元を大きく広げ、まろび出た大きな乳房に顔を埋めると、満足げなため息を吐いた。

「アンセルム……。どうして……？」

何故こんなことになっているのか。シュゼットの視界がぼやけ、眦《まなじり》から涙が零《こぼ》れおちる。

裏切られたような、けれどもこれを待ち望んでいたような。なんとも言えない複雑な感情が胸を焼いた。

すると、シュゼットの胸の谷間から顔を上げたアンセルムが、嗜虐《しぎゃく》的に笑った。

「お前の望み通り、夫の座は諦めてやる。だが、お前が孕《はら》む子供の父親は、譲るつもりはない」

耳元で囁かれ、下腹部がきゅうっと締め付けられるように疼いた。まるで、それを望んでいるかのように。

（……いえ、実際に望んでいるんだわ。私は）

酒精が入っているからだろうか。隠していた心が、ポロポロとこぼれ出してしまう。

臆病なシュゼットは、いつまでも結論を出すことができなかった。だからこそ心のどこかで思っていたのだ。

——いっそ、強引に奪ってくれたら、と。

そして、そんなことを考える自分は、どうしようもなく卑怯《ひきょう》だ。自分では決められない選択の結果を、その責任を、アンセルムに押しつけるのだ。

「ひっ……！　あ……」

アンセルムの大きな手のひらが、シュゼットの乳房を掴《つか》み、優しく揉《も》み上げる。

彼の手の中で卑猥《ひわい》に形を変える乳房をこれ以上見たくなくて、シュゼットはぎゅっと目を瞑《つぶ》った。

そして、ツンっとしたわずかな痛みとともに固く立ち上がったその頂を、そっと舌で舐《な》め上げられる。

くすぐったくも甘やかな感覚が走り、思わずシュゼットは身をよじらせた。

色づいた乳輪の部分をなぞるように、アンセルムの舌が這《は》う。優しく柔らかな快感が体を満たす。

だが、それを繰り返されているうちに、やがて物足りなさを感じるようになってきた。

（もっと、違う場所に刺激が欲しい……）

焦れたシュゼットは、彼の舌が痛いくらいに起《た》ち上《あ》がった乳首に当たるよう、わずかに自ら体を動かしてしまう。

それに気づいたアンセルムが喉で笑う気配がして、羞恥に目を強く瞑る。たまっていた涙が、またボロボロと零れた。

「いやらしいな。シュゼット」

酷いことを言って、アンセルムがその頂をちゅうっと音を立てて吸い上げた。

「アッ……！」

高い声を上げて、思わず腰を跳ねさせてしまう。その反応に気を良くしたアンセルムが、赤く濃く色づいた硬い実を、軽く歯をあてしごいたり、指先で引っ張り上げ、押し込んだりと執拗《しつよう》に嬲《なぶ》りだ

した。

「やあ……だめ……」

その度に体が、陸に上がった魚のように跳ねてしまう。そして、触られていないはずの下腹部が熱を持って締め付けられるように疼き出す。

「アンセルム……、体が変なの……もうやめて……！」

泣きながら必死にアンセルムに助けを求めるが、アンセルムは楽しそうに繰り返しシュゼットの胸をいたぶり続ける。

体が燃えるように熱い。息が上がる。体が、何かを求めていた。

「やっ……！　あ……！　アンセルム……。たすけて……」

そして、シュゼットが縋るように伸ばした手を、アンセルムは強く握りそのまま寝台へと縫い付ける。

そして、シュゼットの着ているワンピースを足元から抜き取り、下着も全て剥《は》ぎ取《と》って、寝台から床へ落としてしまった。

そして自らも服を脱ぐ。軍人らしく、実用的でしなやかな筋肉のついた体が露《あら》わになる。

シュゼットは均整の取れた彼の体の美しさに、思わず見とれてしまった。訓練や戦場で負ったのであろう、所々にある傷痕が野性味を加味して、さらに危なげな魅力を醸し出している。

アンセルムは惚《ほう》けているシュゼットの両手を片手で彼女の頭の上にまとめあげ拘束すると、生まれたままの姿になったシュゼットをじっくりと見つめた。

ランプの灯《あか》りに照らされ、闇の中、白く浮き上がるように見える彼女の体は、女性らしいなだらかな曲線を描き、いやらしく、そして美しい。

アンセルムは思わず眩しいものを見るように、目を細める。

「ああ、美しいな」

吐息とともにそう呟《つぶや》かれ、我に返ったシュゼットの頬が、羞恥で真っ赤に染まった。

「やだぁ……！　みないでぇぇっ！」

彼の視線から逃れようと、シュゼットは必死に体をよじる。だが、アンセルムはその抵抗をものともせず、空いたもう片方の手で、彼女の脚を大きく開かせ、己の体をねじ込んだ。

そして、体の線を確かめるように、手のひらを這わせる。大きく張った乳房から、程よく締まった細い腰。そして、そこからふんわりと膨らむ臀部《でんぶ》まで。

「やわらかいな……。それにスベスベで触り心地がいい」

やがて彼の掌が、シュゼットの脚の間に到達する。そこにある彼女の髪と同じ、柔らかく波打つ赤い茂みの奥に、そっと指が伸ばされた。

「やぁあっ……！」

くちゅっと水に濡れた音がする。

「……すごい濡れているぞ、シュゼット」

嬉しそうにアンセルムが報告してくる。

そんなことはわかっていた。胸を弄《いじ》られるたびに、きゅうっと締め付けられるそこから、何かがにじみ出ていることは。

王宮での四年間の女官生活においてそういった話題は事欠かず、同僚たちからあれやこれやと色々と聞かされていたため、男女の営みについての知識はそれなりにある。男性を受け入れるため、そこが濡れることも知識としてちゃんと知っている。

けれど、それをいちいち報告をしてくるアンセルムが憎らしい。思わず彼の顔を睨みつければ、彼は眉根を寄せ、軽く呻《うめ》いた。

「おい。そんな目で見るな。暴発したらどうする」

「…………」

そんなことまで銃器にたとえないでほしい。想像して思わず脱力してしまったシュゼットに、少々ばつが悪そうにアンセルムは目をそらした。

だが彼の手は休むことなくグチュグチュと、シュゼットの割れ目を指先で何度も往復する。

やがてその指先が、固く膨らんだ小さな粒を捕らえた。

「ひあぁぁん……!!」

あまりに強い快感に、シュゼットは思わず高い声を上げ、体を強張《こわば》らせてしまう。

「……ほう、ここか」

アンセルムが楽しそうに、その見つけたばかりの慎ましやかな小さな粒を執拗にいじり始める。

「ひんっ……！　あっあっ……！」

指の腹で表面を摩《す》られ、押しつぶされ、熱を持った何かが下腹部に溜《た》まっていく。

その迫り来る何かを逃そうと脚を閉じようとするが、アンセルムの体が邪魔をしていて動くことができない。

「やっ……！　アンセルム……。怖い……！」

未知の感覚に、シュゼットは怯え、震える。いつになく弱々しいその姿を哀れんだのか、アンセルムが、拘束していた両手を解放してくれる。

シュゼットはその自由になった手で、助けを求めるように、目の前にあるアンセルムに縋《すが》り付《つ》いた。

そして、彼の広い背中に両手を這わせる。

自分をこんな目に合わせているのは、間違いなくこのアンセルムであるのに、なぜかシュゼットはその逞しい背中に安堵した。

「………っ！」

まさか抱きつかれるとは思っていなかったアンセルムは驚き目を見張り、そして一瞬泣きそうな顔をして目の前にあるシュゼットの唇に食らいつくように口付ける。

「ふ、うぁ……」

嬌声《きょうせい》をアンセルムに呑み込まれ、シュゼットは喘《あえ》ぐ。そして、真っ赤に腫れ上がった花芯を摘まみ上げられた瞬間。

「――――っ‼！」

溜《た》め込《こ》んでいた快感が決壊し、一気に絶頂に押し上げられた。

アンセルムは、ビクビクと跳ね上がるシュゼットの体を強く抱き込み、そして脈動を続けるその蜜口に、そっと指を差し込む。よく濡れたそこは、それほどの抵抗はなくアンセルムの指を受け入れた。

「……すごいな」

体の痙攣《けいれん》と連動してギュッと締め付けてくる温かなシュゼットの中に、感動したかのように、アンセルムは言葉を漏らした。

そしてヒクつく膣壁を、グチュグチュといやらしい音を立てながら広げるように指で探る。下腹部の異物感にシュゼットが体を震えさせると、なだめるように口付けをし、髪を撫でた。

「指を増やすぞ」

そうシュゼットの耳元で囁き、新たな指が入り込んでくる。

段違いの圧迫感に、シュゼットは思わず悲鳴をあげた。

「ひあ……っ。むりぃ……！」

「大丈夫だ。入った」

無理やり入れたの間違いではないのかとシュゼットは抗議したくなるが、アンセルムの熱に浮かされたような青い目を見て、何も言えなくなってしまう。

やがて、二本の指が滑らかに出し入れできるようになったところで、アンセルムが指を抜いた。

「ひあっ……！」

その摩擦にも反応してしまうほどにぐずぐずになったシュゼットの蜜口に、指ではない熱く硬いものが充てがわれる。

そのまま貫《つらぬ》かれるのかとシュゼットが体を緊張させた、その時。

「……くそっ」

アンセルムが小さく毒づいた。何があったのかと、ぼうっとした頭で、シュゼットは彼の顔を見上げた。

アンセルムは唇を噛み締め、何かを堪えるような顔をしていた。

「今ならまだ引き返せる。――どうする。シュゼット」

ああ、いつものアンセルムだ、と思う。シュゼットの意思をいつだって無視しない。

ここまできて、今更卑怯だとも思うけれど。最後の最後で、葛藤してしまったのだろう。

シュゼットは手を伸ばし、彼の頬に触れた。子供の頃と比べ、随分と精悍になってしまったその頬を。そして、少しだけ明瞭になった頭で考える。

――自分が本当に欲しいものは、なんだったろうか。

わずかに残った酒精と非日常が、シュゼットを素直に、大胆にさせた。

「――いいわ。抱いて。アンセルム」

このまま何もかも忘れて、彼に抱かれてしまいたいと望む自分がいた。

――それはきっと、理性ではなく本能で。

ただ、好きな男に抱かれたいという、女としての動物的な、純粋な望み。

「ぐっ……！」

うっすらと微笑みを浮かべながらのシュゼットの言葉に、アンセルムが小さく唸《うな》り声《ごえ》をあげた。そして、指とは比べ物にならない質量の熱杭がシュゼットを一気に貫く。

「――――ッ‼」

容赦無く引き裂かれた痛みに、シュゼットは背中をそらし、声にならない悲鳴をあげた。

「……はいった。シュゼットの中。すごいな……」

だからその類の報告はいらないと、痛みをこらえながら思う。

「ああ、温かいな。たまらないな」

なぜか子供のような感想を漏らすアンセルムを、潤んだ視界で睨みつける。すると、アンセルムはとろけるような笑顔を浮かべて見せた。

彼のこんな笑顔を見たのは初めてで、シュゼットは思わず言葉を失う。

「……動いていいか」

そう、入れただけではこの行為は終わらない。男が女の胎内に子種を吐き出すまで、この行為は続くのだ。

痛みは依然としてあったが、できるなら早く終わらせてしまいたいという思いもあり、シュゼットはこくこくと頷いた。

アンセルムが腰を揺らす。傷ついたばかりの膣壁が、引き攣《つ》れて新たな痛みをシュゼットにもたらす。

耐えるように唇を噛み締めれば、そこにアンセルムの唇が降りてきた。

微《かす》かに腰を揺らしながら、触れるだけの口づけを繰り返す。すると不思議と痛みが薄れてきたような気がした。

「もうだいじょうぶよ、アンセルム」

眉間に深い皺《しわ》を寄せ、何かに耐えるような顔をしているアンセルムに、震える声でそう伝える。

「すまない。あまり長引かせないようにする」

するると、耳元で小さな声で詫びられた。そして、自らの男根を一気に抜けるギリギリまで引き抜くと、再度シュゼットの最奥まで一気に押し込んだ。

「あっ！　ひあっ！」

腰を何度も激しく打ち付けられ、衝撃で声が上がる。

断続的な痛みと、そしてその中にわずかに感じる何か。

それを拾い上げる前に、アンセルムの指が伸ばされ、繋がった場所のすぐ上にある、敏感な芽を押しつぶした。

「ああっ！」

分かりやすい快感で、わずかに痛みが散らされる。――――そして。

「――――くっ！」

一際激しく突き込まれたその奥で、アンセルムが小さく呻いてその欲望を解放させた。

ジワリと胎内に広がるアンセルムの熱に、なぜか不思議と満たされた気持ちになったシュゼットは、思わずそっとその下腹部を撫《な》で上げて微笑んだ。

「……おい。その行動、その顔は反則だ」

なぜか苦々しい表情で言うと、アンセルムは汗で張り付いたシュゼットの髪を優しく掻きあげて、その白い額に口づけを落とす。そして、繋がったまま、まるで一つになってしまいそうなほどに強くシュゼットの体を抱きしめた。

まるで本当に自分が彼に愛されているかのような、そんな錯覚に陥り、シュゼットは今まで感じたことのないほどの幸福感の中、目を伏せた。

――――そして、どうやらそのまま少し眠ってしまっていたらしい。

目を覚ませば、そこにあるのは質素な木の、見知らぬ天井だった。

シュゼットは慌てて体を起こす。

すると下腹部に鈍い痛みが走り、思わず呻いてうずくまってしまった。

そして、ここで何があったのかを思い出し、全身から血の気が引いた。互いの汗や体液でドロドロだった体は清拭《せいしき》されており、さっぱりとしている。つまりそれはアンセルムがシュゼットの体を拭ってくれたということで。

完全に酔いが覚め、正気に戻ったシュゼットは寝台に潜り込み、羞恥に身悶《みもだ》えする。

（私、なんてことを……！）

もう、アンセルムの前で、一体どんな顔をすればいいのかわからない。

そもそもアンセルムはどこにいるのだろう。頭からかぶった掛布の隙間から、そっと周囲を見渡したところで、部屋のドアが開いた。シュゼットの心臓が跳ね上がる。

入ってきたのはもちろんアンセルムだった。手に水差しと杯を持っている。

「シュゼット。起きたのか。体は大丈夫か？」

いたわし気に聞いてくるが、大丈夫なわけがない。そして、その顔はいつも通りの無表情である。

動揺のあまり挙動不審になっているシュゼットとは大違いだ。

（なんで普段通りなのよ……！　なんなのよその余裕……！）

つい心の中で詰ってしまうほど、アンセルムの態度に変わりはなかった。

じと目でアンセルムを見ると、彼は不思議そうな顔をして寝台に腰をかける。

そして掛布の中に隠しているシュゼットの顔を、心配そうに覗き込んだ。

「体は大丈夫……よ」

蚊の鳴くような声で言う。恥ずかしくてこれ以上彼の顔が見られない。

「そうか。なら、良かった」

アンセルムは掛布の上から、シュゼットの頭を優しくポンポンと叩いた。

「そろそろ隠れてないで出てきてくれないか。お前の顔が見えないと寂しい」

アンセルムの甘い声に、シュゼットは呻いた。彼は一体全体なんでそんなに余裕なのか。実戦経験が違うからか。

アンセルムはシュゼットより二歳年上だ。長く軍隊にいたこともあり、恐らくそれなりの女性経験があるのだろう。

「……恥ずかしいのよ。私、あなたと違って慣れていないもの」

無意識のうちに、言葉がほんの少し刺々《とげとげ》しくなってしまった。複雑な乙女心ということで許してほしい。恐る恐る掛布の隙間からアンセルムの顔を窺えば、彼は実に不服そうな顔をしていた。

「慣れてなどいない。俺だって初めてだが」

「……は？　嘘でしょう？」

「嘘ではない」

「じゃあなんでそんなに余裕なのよ！」

思わず声を荒げてしまう。とてもではないが、彼に経験がないなど信じられない。

「……脳内での模擬訓練を毎日欠かさなかったからな」

「……もぎくんれん？」

「ああ。もちろん仮想敵国はお前だぞ。シュゼット」

「……かそうてきこく？」

どうしよう。久しぶりにアンセルムが何を言っているのか全くわからない。シュゼットは混乱した。

「毎晩毎晩お前を相手にあんなことやこんなことをすることを想像し、どういった場合には、どう対処するのかを各種教本を参考に、訓練していたんだ」

それはつまり男性向けのそういった本を参考にして、シュゼットを妄想しながら自己処理をしていたという話だろうか。

「やはり模擬訓練《シミュレーション》というのは大事だな。これからも欠かさずにいこうと思う」

そんな情報は、全くもっていらなかった。アンセルムの夜の仮想敵国であるところのシュゼットは、馬鹿馬鹿しさのあまり、がっくりと脱力してしまった。

その後、二人でこっそりと城に戻り、いつもの夜着を着て、寝台に潜り込んだ。

まだ脚の間に何かが入っているかのような、なんとも言えない違和感がある。彼の姿を思い出しては赤面し、頭を抱えてしまう。

これからどうしようとしばらく鬱々と考えていたが、仕事と初めての経験に思った以上に体が疲れていたらしく、気がつけば夢も見ないほどに、深い眠りに落ちてしまった。


「あはははははは！」

今日もロザリーが、涙を流してひいひい言いながら笑い転げている。

アンセルムとともに一夜を過ごし、翌朝目を覚ましたシュゼットに襲い掛かったのは、強烈な二日酔いと自己嫌悪であった。

ひどい顔色のまま部屋を出て、ロザリーに見つかり、心配した彼女から事情を聞かれ。

そして、羞恥に耐えながらもしどろもどろに昨夜の出来事を話してみたら、このザマである。

彼女に共感などを求めた自分が馬鹿だった。シュゼットは空を仰いだ。

「これはまた、見事にこじれましたねえ……！」

ロザリーが、涙をこぼして笑い続けている。

「ちょっとアンセルム様ったら面白すぎるんですけど！　夫は諦めるから、せめて子供の父親にならせろって！」

確かにアンセルムも酷かった。そう色々と。――――だが。

「それでうっかり流されて、まんまと脚を開いちゃったシュゼット様も最高」

間違いなく一番の馬鹿は、自分《シュゼット》であろう。

血も涙もないロザリーの言葉に、思わず見上げた空の青さが目に染みた。彼女に切なき乙女心を理解してもらおうなんて思った自分が甘かった。

――――ロザリーの言葉が正しすぎて、辛い。

だがこうしてこの毒舌極まりない親友に話すことで、心が整理されていくことも事実だった。

馬鹿なことをしたと思う。けれども、不思議と後悔はなかった。

(だから私、ロザリーに叱って欲しかったんだわ)

誰かに愚かな自分を罰して欲しいと、そう思ったのだ。

だが、ロザリーは笑うだけで、シュゼットを叱るつもりはなさそうだ。

「……叱らないの?」

ロザリーはシュッゼットが本当に間違ったことをしたときは、きちんと叱ってくれる友だ。

思わず聞いてみれば、彼女は不思議そうな顔をした。

「何を叱ることがあるんです?」

「ええと……貞操観念が緩い、とか」

シュゼットは自分で言って地味に傷つく。我ながら実に面倒な人間である。

「二十歳を超えたいい大人に? 馬鹿馬鹿しい。そんなもの自己責任でしょう。シュゼット様ったら相変わらず無駄に真面目な上に被虐趣味なんだから」

ロザリー様は今日も通常通りだ。シュゼットの心はズタボロである。

「どうせ産むなら好きな男の子供の方が良いに決まってるんですから、別にいいんじゃないですか?」

そう、シュゼットも思ってしまったのだ。もし誰かに抱かれなければならないのなら、その相手はアンセルムがいいと。

そして、いつか本当に子供を得ることがあるのなら、その父親もまたアンセルムがいいのだと。

――――だからこそ、一晩の夢に酔った。

夫としての権利を彼に与えないくせに、おこがましく。

「シュゼット様は考えすぎなんですよね。賢いのにお馬鹿というか。これはもっと単純な話なんだと思いますよ。私は」

アンセルムはこの領地が欲しいだけだ。だからシュゼットなどに求婚をするのだ。

ルヴェリエ辺境伯家の跡継ぎであるシュゼットに。

そう思っていたのに、今回アンセルムの行動は、完全にその原理から外れている。

シュゼットは混乱していた。そんな彼女を見て、ロザリーは肩を竦める。

「いいじゃないですか。シュゼット様とアンセルム様の子供なら絶対に可愛いでしょうし、あなたはちゃんとその結果に対して、自分で責任を取る人です。私は心配していませんよ」

それでも表情の晴れないシュゼットに、ロザリーはまた肩を竦めてこう言った。

「……ねえ、シュゼット様。あなたは一体、何と戦っているんです?」

ロザリーが自らの仕事に戻った後、シュゼットは書類仕事をしながら思案に暮れていた。

まずは、アンセルムときちんと話し合うべきだろう。

昨夜のことはお互いに無かったことにすることが、一番無難であるように思う。

そう、つまりは姉が読んでいた恋愛小説に良くある、酒に酔った上での一夜の過ちというやつである。

そんなことを悶々《もんもん》と考えていたら、執務室の扉がノックされた。

「シュゼット、ちょっといいか？　入るぞ」

「ひゃいっ！」

そして聞こえたアンセルムの声に、緊張のあまり妙な声が出てしまった。

気まずいことこの上ない。だが、アンセルムはいつもの無表情で執務室に入り、シュゼットの執務机の上に資料を並べていく。

「来年の軍事費のことについて相談があるんだが」

「はい！　なんでございましょう……？」

シュゼットのあまりの挙動不審ぶりに、アンセルムが喉で笑った。

「何をそんなに緊張しているんだ？」

緊張するに決まっている。なんせ一夜の過ちを犯した男女の邂逅《かいこう》である。シュゼットは領主代理の仕事をする上で必要に迫られ、必死に虚勢を張っているが、本当は元々ひどく臆病な性質なのだ。

むしろアンセルムに何の変わりもないことが、納得いかない。

「辺境伯軍の武器の刷新を行いたい。今辺境伯軍で使用されているのは、国軍ではすでにアンティーク扱いをされているような前時代的なものだ。もし実戦となったとき、現在の装備ではとてもではないが太刀打ちできない」

そしてアンセルムはいくつかの銃器の説明書をシュゼットに指し示し、説明をする。

「この銃は一丁あたりの単価は高いが、弾丸の飛距離に優れている。現在の国軍の標準装備だ。こちらは量産品で、一丁あたりの単価は安いが、質もそれなりだ。撃ってみたが、標的との感覚が大分ずれる。それから――――」

必死に聞いてはみるものの、やはりどれが良いのかはよくわからない。だが滔々《とうとう》と話し続けるアンセルムが楽しそうなので、シュゼットは口を挟まずにそのまま話を聞いていた。

「――――それで、どうだろうか？」

なにやらすっきりした顔で、話し終えたアンセルムが聞いてくる。子供の頃から変わらない彼に、シュゼットは思わずくすくすと声を上げて笑ってしまった。ついでに緊張も解けた。

「全体の予算だけは提示するわ。その範疇《はんちゅう》であなたが決めてちょうだい、アンセルム。軍事関連の知識や経験であなたを超える人を私は知らないわ。だからあなたに一任する」

「了解した。では、また詳細を詰めたら報告する」

「ええ。お願いね」

笑いながらシュゼットが答えると、アンセルムは机に並べた資料を集めながら、とんでもないことを言い出した。

「それとシュゼット。今晩、お前の部屋に行く。鍵を開けておけ」

「……はい？」

突然の話の転換にシュゼットは目を丸くする。

「だって、子供を作るんだろう？」

「え？　だ、だからあれはお酒の席での戯言だから！　昨夜限定の話でしょう？　私も昨日のことは忘れるわ。だから……！」

「は？　なぜ忘れねばならん。俺の手で善《よ》がるお前は最高に可愛かったというのに」

「だからもう忘れてちょうだいったら！」

本当に言葉は選んでほしい。顔を真っ赤にして怒るシュゼットを、アンセルムは愛おしそうに見つめる。その顔も心臓に悪いからやめてほしい。

「昨日、あれから考えたのだが、お前の案は確かにそう悪くないと思ってな」

夫は作らず子供だけ作れば、確かにシュゼットは今のまま領地経営に従事でき、尚且つ、後継にも困らない。

「俺自身がルヴェリエ辺境伯を継ぐ必要はない。お前はこうして辺境伯軍の件について、全て俺に一任してくれているし、領地経営に関しては正直俺よりもお前の方が向いている」

アンセルムの言葉にシュゼットは心打たれる。

女だというだけで両親が認めてくれなかったシュゼットの努力や成果を、アンセルムは正当に評価してくれていた。そのことが嬉しくて、感動のあまりシュゼットは涙が出そうになった。

「俺をお前の子の父親にしてくれるなら、それでいい。……そして効率的に子を作ろうとするのならば、やはり頻度が大切だ」

そして、その感動の涙はすぐに引っ込んだ。またしてもこの男は一体何を言い出すのか。

「だから、一体何が言いたいのよ……?」

「下手な鉄砲も数撃てば当たるというだろう。つまりはお前の受胎率を上げるために子作りの頻度は重要という話なのだが」

「例え話がいちいち酷すぎるのよ！　最低だわ‼」

何でもかんでも軍事ネタに絡めないでほしい。

アンセルムのあまりのデリカシーのなさに、思わずシュゼットは叫んで頭を抱えた。

昨夜うだうだと悩んでいた自分が馬鹿みたいである。

「とりあえず、昨夜のことは忘れましょう。それがお互いのためで――」

そう言いかけたシュゼットに、アンセルムは一気に距離を縮めると、流れるようにその細腰を抱いた。

「ひゃっ……！」

驚いて思わず声を上げてしまったシュゼットの唇を、アンセルムは自らの唇で塞ぎ、そのまま彼女を執務机の上に押し倒した。二人の周囲にそれまで彼女が処理していた書類が舞いあがる。

そして、話途中でうっすらと開けたままだった唇に、舌がねじ込まれる。

「むーっ！」

シュゼットが呻き、逃れようと必死に彼の背中を叩くが、体格の大きなアンセルムはびくともしない。

ぐちゅぐちゅといやらしい水音を立てながら、呼吸さえも奪われるように深く深く口腔内を蹂躙《じゅうりん》される。

「んんっ！　んっ！」

やがてアンセルムの手がドレスの裾をたくし上げて、シュゼットの足を撫で上げる。

そして、先ほどから腰にぐりぐりと押し付けられている熱いもの。

それが何かをシュゼットは昨夜、嫌というほど思い知らされていた。

「ん――っ‼」

やがてアンセルムの手が、シュゼットのドロワーズにかかったところで。

「なあ、シュゼット。今ここでひん剥《む》かれるのと、今夜、俺を部屋に招くのとどちらがいい？」

耳元で、低い艶のある声で言われ、シュゼットの腰がぞくりとわななく。

「ここまできたら、俺はもう容赦はしない。――諦めろ」

嗜虐的な目で自分を見つめるアンセルムに、もう逃げられないことを知る。

シュゼットは深いため息を吐いた。

「……最低だわ」

――アンセルムも、そして自分《シュゼット》も。

ようやく解放された唇で、そう毒吐けば、アンセルムは皮肉げに口角を上げた。

「――知ってるさ」

零された言葉に、シュゼットは泣きそうになる。

取り返しのつかないほどに、二人の関係はこじれてしまっていた。

「鍵は開けておくわ。……だから、離して」

シュゼットは泣きそうになる心を必死にこらえ、体に巻きついたアンセルムの腕を、そっと解いた。

第五章　初めてのごめんなさい

こんなはずではなかった、とミシェルは思った。

崇高な愛のため仕方なく妹の婚約者を奪い、愛するジェラルドと婚約を結んだ。

そして、住み慣れた田舎ではなく、美しくきらびやかな王都に移住し、いくらかの婚約期間の後、盛大な式を挙げて、晴れてこの国の第二王子妃となった。

第二王子の妃となった自分を、誰もが羨望の眼差しで見てくるだろうと思っていた。

そして、崇め持《も》て囃《はや》してくれるだろうと、そう思っていたのだ。

だが、意気揚々として迎えた王都での生活は、そんな彼女の想像していたものとは全く違っていた。

婚約期間においても、社交の場への招待が少ないとは思っていた。だが、きっと第二王子の婚約者である自分に気軽に声をかけるなど、恐れ多くてできないものなのだろうと思い込んでいた。

だが、結婚したのちも、彼女と親しくしようという者は現れなかった。

上流階級の女性たちは、思いの外潔癖であった。不倫や不貞は、それに苦しむ貴婦人達にとって許しがたい行為だ。さらに王族に嫁ぐ身であるのなら、なおさら清廉さや貞淑さを求められるものであった。

故に、実の妹から、その美貌を持って婚約者を奪い取ったミシェルに対し向けられた目は、非常に厳しいものであったのだ。

『いやだわ。だってあの方と仲良くしたら、夫を奪われてしまいそうだもの』

そう言ってミシェルを嘲《あざわら》ったのは、公爵夫人。

かつて王妃から依頼を受け、シュゼットに礼儀作法を教えていた人物だった。

社交界の中心である彼女の一声で、ミシェルの評価は地に落ちた。

ミシェルは甘やかされて育った娘だ。

いつだって誰かが彼女を気にかけ、機嫌を窺ってくれることが当たり前の状況下で生きてきたのだ。

故に、どうしようもなく無知であった。

王都では誰もが遠巻きに蔑んだ目で彼女を見て、嘲笑する。考えの足りない、ふしだらな娘だと。

社交の場で爪弾《つまはじ》きにされ、夫であるジェラルドに泣きつけば、夫は面倒そうな表情を隠すこともせずに言い捨てた。

「それくらい、自分でなんとかしてくれないか。僕は忙しいんだ」

ミシェルは愕然とした。甘い言葉をくれたこれまでの夫とは別人のようなその態度に。

「君の妹は、そんなことで僕の手を煩《わずら》わせたことなど、一度もないよ」

人の顔色を読むことに長けたシュゼットは、社交をそつなく無難にこなしていた。そんな妹と比べてしまえばミシェルの立ち回りの悪さが余計に際立ってしまう。

これまで他人から負の感情を向けられたことのないミシェルは、どうしたらいいのかわからず、ただ泣き続けた。

舅《しゅうと》である王も、姑《しゅうとめ》である王妃も、ミシェルの子供染みた行動に呆れてため息を吐く。時として、耐えられないような苦言も貰う。

誰も自分を助けてくれず、ただただミシェルは我が身を嘆き続けた。

そんな彼女を夫は負担に感じたのだろう。そのうち、彼女の部屋に足を向けることもなくなった。

生まれて初めて味わう孤独に、ミシェルは少しずつ心を病んでいった。

『本当にいいの？　お姉様』

かつての妹の言葉が蘇る。そう、彼女はわかっていたのだ。王宮で暮らすことの厳しさを。

見抜いていたのだ。ジェラルドに妻を守るような気概がないことも。

そして、ミシェル自身に、王子妃としての適性がないことも。

「帰りたい……」

誰もがミシェルを大切にしてくれる、あの場所に。

愚かにも妹に譲ってしまった、あの場所に。

そして、ミシェルはひらめく。

「そうだわ……。だったら返してもらえばいいのよ」

思いついたミシェルは、壊れた心で嗤《わら》う。そう、これまでだって何度もあったではないか。妹に譲った物が突然惜しくなって、返してもらったことが。

『やっぱり返してちょうだい』と。そう言えば、シュゼットはいつも困ったように笑って、すぐに返してくれたではないか。

「そうよ……。だって元々あそこは私の場所なんだもの」

――だから、返してもらったっていいはずだ。

ミシェルは、幼い子供のような顔をして、笑った。


「ふっ……！　んんっ！」

なんでこんなことになっているのか、とシュゼットは思った。

シュゼットがいるのは、普段書類仕事をしている執務室だ。

そして未済の書類が積み重なった執務机。その下に大きな男がしゃがみこんでいる。もちろんアンセルムである。

彼が何をしているのかといえば、椅子に座ったままのシュゼットの靴を脱がし、絹の靴下までを脱がし、その裸足《はだし》の爪先に、舌を這わせているのである。

（なにをやってるのよこの人……！）

くすぐったさに身をよじりながら必死に足を取り返そうとするが、力強い手に足首を握り締められていて、動かすことができない。

ようやく本日分の仕事に目処《めど》がついて、少し休憩をしようとしたところで、アンセルムが突如盛って襲いかかってきたのである。今日は立ち仕事が多く、行儀悪くも、疲れた足をプラプラと動かして

いたことが、彼の情欲を燃え上がらせてしまったらしい。何が原因で彼に火がつくのか全く分からなくて恐ろしい。

相変わらずアンセルムのことだけは、何もかもが分からない。

「執務室ではそういうことはしないって約束したでしょう……！」

「最後まではしない。安心しろ」

そういう問題ではない。シュゼットは泣きそうになった。

「アンセルム……！　だめっ……」

必死に彼の黒い頭を押さえつけ制止するが、アンセルムはまるで気にとめることなく、舌を動かしてシュゼットを味わう。

「やっ！　汚いから……！　お願いやめて……」

今日一日働いて、汗をかいたまま、まだ湯浴《ゆあ》みをしていないのだ。

だというのに、アンセルムはその指の股までを舐め上げていく。

「……お前の体に、汚い場所などどこにもないが」

そう言って、アンセルムはシュゼットのドレスの裾をたくし上げた。そして露わになる白いふくらはぎに目を細める。

「やぁ……！」

そして羞恥のため真っ赤になるシュゼットを笑いながら、舌で彼女の脚を這《は》い上がっていく。

「なにをいまさら。普段もっとすごいことをしているだろう？」

そう、結局あれからシュゼットとアンセルムは、週二、三回の頻度で体を繫げていた。場所はシュゼットの部屋のこともあれば、アンセルムの部屋のこともある。

彼と一夜の過ちを犯してしまった時は、もっと深刻で悲嘆に満ちた日々を送ることになるだろうと覚悟していた。だが、時折肉体関係を持つこと以外、アンセルムの態度はこれまでと一切変わらず、シュゼットはやや拍子抜けしてしまった。

ただ、隠してはいるものの、やはり使用人達や両親には、自分たちが一線を越えてしまったことを、なんとなく察されているようだ。

よって周囲にはこれまで以上に、ほとんど夫婦のような扱いをされている。

ただ結婚の宣誓をしていないだけで、アンセルムとシュゼットは実質夫婦のような関係になっていた。

（やっぱりアンセルムの策にはまっている気がするわ……！）

やがてアンセルムの唇が、シュゼットのふっくらとした太ももへと到達すると、彼はその周囲をちゅうっと音を立てて吸い上げ、赤い花びらを散らし始めた。

まるで自分のものであると主張するように散らされていく所有痕に、シュゼットの下腹が、きゅうっと切なく締め付けられ、内側から何かが湧き出す感覚がした。

すっかりアンセルムに馴染《なじ》まされてしまった体はひどく従順で、彼を受け入れようと、すぐに蜜をにじませてしまう。

「ひっあ、ああ」

ちゅっ、ちゅっと音を立てながら、さらに上へと這《は》い上《あが》っていこうとするアンセルムに、流石にこれ以上、上に来られるわけにはいかないと、必死に彼の肩を両手で押さえ、足を引き抜こうとした、その時。

トントン、と突然扉がノックされ、驚いたシュゼットは、思わずアンセルムを思い切り蹴り上げてしまった。

どうやらその蹴りは彼の顎に綺麗に決まったらしく、アンセルムが痛みに呻いて蹲《うずくま》った。

その隙に慌てて足を取り返し、捲《めく》り上がったドレスの裾を直す。涙目のアンセルムに、少々溜飲が下がったのは秘密である。

そして何事もなかったかのように取り澄ました顔で、扉の外にいるであろう誰かに、声を掛けた。

「――――どうぞ」

すると、ルヴェリエ家に古くから仕える老年の執事が、困ったような顔をして入室してきた。

「あら？　こんな時間にどうしたの？　何かあった？」

「あの……それが」

「なあに。はっきり言ってちょうだい」

執事の妙に歯切れ悪い物言いに、深刻な何が起きたのかと追及すれば、執事はため息を吐いて、口を開いた。

「……ミシェル様がお戻りになりました。シュゼット様とアンセルム様をお呼びになっておられます」

「……なんですって？」

想像もしていなかったまさかの人物の来訪に、シュゼットは驚き、目を見開いてすぐ立ち上がった。

「……なんだと？」

そして同じく驚いたのであろう、慌てたように突然机の下から出てきたアンセルムに、執事がぎょっとした顔をした。だが、一体何故彼がそんなところから出てきたのかは聞いてこないあたり、良くできた執事である。

色々と言い逃れができない状況に、シュゼットは頭痛がして額《ひたい》を押さえた。

それから執事に促され、アンセルムとともに、両親によって城内に残されたままのミシェルの部屋へと向かう。

先《ま》ずはアンセルムを扉の外に待たせると、シュゼットは一人、姉の部屋へと入った。

そして、久しぶりに入った姉の部屋を見渡す。

ルヴェリエ城の北側にあり、薄暗く、寄せ集められた家具で構成された統一性のないかってのシュゼットの部屋とは違い、ミシェルの部屋は、日当たりの良い場所に位置する、薄い桃色と花柄、レースであふれた、可愛らしい趣《おもむき》の部屋だ。

そこの中心には、蔓薔薇《つるばら》が刺繍された絹布を張って作られた、大きな長椅子が置かれている。姉のお気に入りの場所だ。

その長椅子に、二年ぶりに会う姉、ミシェルが、しどけない様子で座っていた。

ミシェルは、驚くほどに窶《やつ》れていた。あの自信に満ち溢れた美しい彼女は一体どこへ行ってしまったのか。

王宮での慣れぬ生活に、疲弊しているであろうことは想像していた。だがこれほどまでに面変わりしてしまった姉を見て、シュゼットは思わず言葉を失う。

「久しぶりね、シュゼット」

そう言って、微笑む姉。縁を切ると言った相手に平然と話しかけられる厚顔さに呆れるが、彼女の目は爛々《らんらん》としており、全く笑っていないことに気付き、眉をひそめる。

二度と関わらないと決め、断絶していたはずだったが、親しげに話しかけられれば、大人気なく無視するわけにもいかず、渋々とシュゼットは口を開いた。

「……お久しぶりです。お姉様。今日は一体どうなさったんです？」

姉が領地に帰ってくる予定など、何も聞いていない。

そもそも王子妃となった今、そう簡単に実家への帰省など許可されるものではないだろう。

「あら？　自分の生家に帰って、何が悪いの？」

「……ジェラルド殿下や国王陛下の許可は、もちろんお取りになったんですよね？」

淡々とシュゼットが聞けば、ミシェルは答えず苦々しく睨みつけてきた。おそらくはシュゼットの危惧通り、なんの許可も取らず、こっそりと王宮を抜け出してきたのだろう。

「……何をなさっておられるのです！　今頃王宮は大騒ぎになっておりますわ‼」

カッとなったシュゼットは、思わず姉を怒鳴りつけた。無責任にも程がある。下手をすればこのルヴェリエ辺境伯家が咎《とが》を受ける可能性もあるというのに。

シュゼットは慌てて執事にペンと紙を用意させると王妃と姉の夫であるジェラルドに対し、書をしためる。

王宮を抜け出したミシェルが現在ルヴェリエ城にいること。姉の行動に対する詫び。そして、すぐに王宮へと帰すことを。

彼らはシュゼットに対し負い目を持っている。そこを突いて、なんとか今回の件は不問に持ち込みたい。

ミシェルの机でシュゼットが必死に手紙を書いている間に、両親も駆けつけ、同じく事情を聞いて唖然とする。

「何をしている！　ミシェル！　早く王宮に戻りなさい！」

流石の両親も姉を怒鳴りつける。いくら娘が可愛くとも、これ以上王家に対し不敬を働けば、この家がどうなるのか想像がついたのだろう。

それまで両親に叱られたことなどなかったミシェルは、初めての事態に衝撃《ショック》を受け、その場にしゃがみ込むと、声を上げて子供のように泣き出した。

「いや、いや……！　あんなところ、戻りたくない。私、ここにいる……！」

嗚咽《おえつ》の間に、幼くそう訴える娘に、両親も愕然としている。

そこへ、彼女の泣き声を聞いたアンセルムが、何事かと扉を開けて、そっと部屋の中を覗き込んだ。

そしてミシェルの姿を見て、彼もまた驚いたように目を見開く。かつての彼女からあまりにも様変わりしてしまったからだろう。

ミシェルは、アンセルムの姿を抜け目なく見つけると、身を起こし彼に駆け寄り飛びついた。

「アンセルム……！　ああ、会いたかったわ！」

その光景を見た瞬間、シュゼットの心が、どす黒く塗りつぶされた。

今すぐ姉を彼から引き離してやりたくなる。よくものうのうとそんなことが言えるものだ。自分からアンセルムを捨てておいて。

「ごめんなさい。私が間違っていたわ……！　やっぱり私にはあなたしかいないの……！　ねえ、お願い。助けて……」

（一体何をいまさら……!!）

シュゼットは激しく憤り、そしてそんなことを考えた自分に愕然とする。

――この胸にあるドロドロとした感情は、独占欲だ。

彼《アンセルム》を姉《ミシェル》に奪われたくない、という。

それはつまり、シュゼットがアンセルムを、まるで自分の所有物のように考えているということで。

そんな自分に怖気立つ。

アンセルムはどう思っているのだろうか。多少窶《やつ》れたとはいえ、それでもなお姉は美しい。

長年婚約者だったミシェルから縋られれば、心が動いてしまうものなのではないだろうか。

――意地っ張りで、可愛げのない自分なんかよりもずっと。

「今になってあなたの素晴らしさに気づいたの。私、やっぱりジェラルド様と別れて、あなたと結婚するわ……！」

シュゼットは恐る恐るアンセルムの顔を窺う。

すると彼の眉間には、美女に抱きつかれているとは思えぬ、深い皺が寄っていた。

「……ミシェル。お前は一体何を言っているんだ？」

ミシェルの縋る手を迷惑そうに引き離し、アンセルムは冷たい声で言った。

「とっとと王宮に帰れ。これ以上シュゼットに迷惑をかけるな」

アンセルムにまで冷たい態度を取られたミシェルは、愕然とした顔をする。

「なんで……？　私、ジェラルド様に騙《だま》されたのよ……！　守るって言ってくださったのに……。私は悪くないわ……！　あなたにはひどいことをしたと思ってる。でも……！」

必死にすがるが、取りつく島もないアンセルムに、ミシェルは今度はシュゼットにすがりついた。

「ねえ、シュゼット。もう一度交換しましょう？　あなたと私の立場を。だって王妃様が、あなたならもっと上手くやるのにっていつもおっしゃるんですもの」

王族に嫁いだ以上、そう簡単に離縁などできるものではない。それはミシェルとて分かっているはずだ。分かっていて、自分で選んだ道のはずだ。

「ねえ、そうしましょう？　だからアンセルムを私に返して――」

「……いい加減にしろ、ミシェル。俺が愛しているのはシュゼットだ。お前ではない」

低く、怒りを込めた声が、背後から聞こえた。

「――俺が結婚したいのは、シュゼットだけだ」

アンセルムははっきりとそう言って、逞しい腕でシュゼットを抱き寄せる。愛しているのはシュゼットなのだと、そう周囲にはっきりと示すように。

かつてとは逆のその状況に、シュゼットの体が震えた。――――おそらくは、歓喜で。

かつて彼に傷つけられた自尊心が、確かに慰撫されるのを感じた。

姉《ミシェル》ではなく自分《シュゼット》を選んでくれた。他の誰でもなく、アンセルムが。

固く凍りついていたシュゼットの心が解けていく。

それを聞いたミシェルは、とうとう床に伏して大声で泣き始めた。

「ひどい……！　みんなひどいわ！　私、もうどうしたらいいのか！」

こんなにも取り乱し泣きじゃくる姉を、シュゼットは初めて見た。

結婚した途端に夫は冷たくなり、嫁姑《よめしゅうとめ》の関係も険悪。友人もできず、女官たちにすら軽んじられ、針のむしろのような日々なのだと。

毎日生きることが辛くて苦しくてたまらないのだと。そう言って姉は泣き叫ぶ。

何故だろうか。そんな彼女を見ていて、シュゼットは胸が苦しくなった。

こんな姿のミシェルを、これ以上は見たくないと思う自分がいた。

ずっと、全てに恵まれている姉を羨んでいた。美しく自信に溢れた姉は、何も持たない自分には眩しすぎて。

たまには痛い目に遭えばいいのに、と思ったことも正直一度や二度ではない。

だが、それなのに、実際にこうして追い詰められている姉を見れば、心が痛んだ。

ざまあみろ、とは、どうしても思えなかった。

どうにも見捨てられず、シュゼットは泣き伏せる彼女のそばにしゃがみこむと、視線を合わせ、甘やかすような優しい声で話しかけた。

「……よしよし、ってすれば良いのですわ」

「――――は？」

妹の唐突な言葉に、意味がわからず顔を上げたミシェルはぽかんとする。シュゼットはそんな彼女ににっこりと笑いかける。

「言い方を間違えましたわね。ジェラルド様に『良い子良い子〜』ってして差し上げればいいのです」

相変わらず姉は、不可解そうな顔をしている。

「良いですか？　お姉様。ジェラルド様をまっとうな成人男性であるなどと思ってはいけません。大人だと認識するから憤りが湧いてくるのです。夫としての彼に何かを期待してしまうから、悲しくなるのです。まずはその考え方を改めねばなりません」

シュゼットは、滔々と姉に言い聞かせる。

両親と姉、そしてアンセルムまでもが神妙な顔をして、シュゼットの言葉を聞いている。

「あの方は、子供なのですわ。そう、つまりはお姉様がよく面倒をみていらした孤児院の子供達と同じなのです。嫌なことは嫌。ちやほやしてもらえないと嫌。叱られるのは大嫌い。辛いことも大嫌い。妻を守ろうとするような気概なんて、もともと小指の先ほども持っていないのです。だから、それ相応の対応をしなければならないのですわ」

二十歳をとうに超えてなお子供である男など、はた迷惑なだけであるし、それが我が国の第二王位継承者だと思うと実に由々しき事態だと思うが、残念ながらそれが現実である。

「それがわかっていながら、あなたはなんでジェラルド様と婚約したのよ！」

姉が泣き叫ぶ。そう、人間観察が趣味であるシュゼットには最初からわかっていたのだ。ジェラルドが夫として不適格な人物であることなど。

「正直申し上げますと、王妃様直々に押し付けられたのですわ。教育に失敗した我が子をなんとかしてくれって泣きつかれましたの。流石に王妃様に頼まれては簡単にお断りできなくて、仕方がないので、これはもうお子様な夫をまともな大人に育成する遊戯《ゲーム》なのだと思ってお受けいたしましたのよ。まあ、十年くらい頑張れば、なんとかいっぱしの成人男性に育てられるかしらと思いまして」

とんでもないことを笑っていう妹に、ミシェルは唖然とする。奪い取った夫が、まさかそこまでの訳あり物件だったとは思っていなかったのだろう。

実際シュゼットがジェラルドの婚約者であった頃、彼が軽薄で弱い人間だと見抜いていた彼女は、それらを実践していた。褒めて、少しだけ課題を与え、それができたらまた大げさに褒める。その間、おかげで少しずつジェラルドが成長していると、王妃にも感謝のお言葉を賜ったほどだ。まあ、そんな地道なシュゼットの努力は、ジェラルドの極度の面食いの前にもろくも崩れ去ったわけだが。

「だというのに、ジェラルド殿下ったら私の想定を超えてお馬鹿……ではなくて、理解できない思考回路をお持ちだったものですから、こんなことに。まあ、こうなったら仕方ありませんわ。代わりにお姉様に頑張っていただかないと」

ミシェルはもう何も言えず、ただ口をパクパクさせていた。両親もなんともいえぬ顔をして口を噤み、アンセルムはぷるぷると腹筋を震わせ、顔を引きつらせながら必死に笑いを堪えている。

「……そんなの、夫婦関係じゃないわ……！　ジェラルド様のこと、愛していなかったの？」

なんとか自分を立て直したミシェルが、シュゼットを糾弾する。

だが、むしろ、もしシュゼットがジェラルドを真実愛していたのだとしたら、それを奪い取ったことにもう少し罪悪感を持つべきではないのかと妹は思った。

だが、それこそが姉《ミシエル》が姉《ミシエル》たる所以《ゆえん》なのだろうと、シュゼットは肩をすくめる。

「そもそも、愛とか恋とか、それ自体を諦めていましたもの。貴族の結婚に当人同士の恋愛感情はさして重要ではありませんわ。最初から派手好きで面食いなジェラルド様が、地味な私に恋愛感情を抱くとは思っていませんでしたし、私自身彼に男性的な魅力を一切感じませんでしたので。ただ、それでも友人や家族としての信頼関係を築きたいと頑張っていたのですけれど」

そう、そこに恋愛感情はなくとも、シュゼットは彼をまっとうな王族として独り立ちさせたいと思っていたのだ。それが自分に課せられた使命なのだと。

敬愛する王妃に選ばれ、与えられたその使命に、生涯を捧《ささ》げようと思っていたのだ。

家族からの関心を得られず育った自己肯定感の低いシュゼットは、常に誰かから必要とされることに飢えていた。故に敬愛する主君からの依頼に、自分自身の幸せを考慮せず、それが茨《いばら》の道と知りながら引き受けてしまったのだ。

――今思えば、なんと愚かな選択だったのか。

だが、愚かだったと、そう思える今の自分を愛しく思う。

このルヴェリエ辺境伯領における領主代理としての日々は、自分の意思を尊重してくれるアンセルムやロザリーとの日々は、シュゼットの自己尊重感情を少しずつ育ててくれた。

「一から子供を育てているのだと思って頑張りましょう、お姉様。案外私が面倒を見るより、子供好きなお姉様の方が、ジェラルド様育成には向いている気がしますのよ」

ミシェルは意外にも子供好きである。領地にいた頃、よく孤児院等の慰問をしていたように。

シュゼットが孤児院に慰問へ行く際には、まずその運営状況に着目するが、ミシェルは菓子を配り、優しく話しかけ、子供達をひたすら甘やかすことを好んでいた。

孤児院の子供たちは皆、美しく優しいミシェルを聖母のように崇《あが》めていた。その崇拝が彼女には心地よかったのかもしれない。

だがそれは、決して悪いことではないとシュゼットは思う。

現実や理論だけでは人は動かない。

他人から理由なく甘やかされ、励まされることも、必要なことなのだ。

理性よりも感情が、現実よりも理想が必要な時が、人にはある。

だからそれと同じようにジェラルドに接すれば良いのだ。残念ながら図体《ずうたい》は大人であるのだが、そこは脳内で補正して頑張ってほしい。

甘やかし、励まし、彼の心の拠《よ》り所《どころ》になりながら、耐えられる程度に少しずつ試練を与え、人としての強度を上げていく。

つまり、それは子育てと同じことである。

そんな、色々と露骨すぎるシュゼットの話を、ミシェルは真剣に聞いていた。

妹の話に思うことがあったのだろう。話を聞き終えたミシェルは、しばらく考えるそぶりを見せた後、一つ頷いて。

「……それならなんとかなる気がするわ」

そう、ポツリと呟いた。

「正直申し上げてジェラルド様は、意思が弱くて流されやすくて無責任な方ですが、それでも間違いなく自分の意思でお姉様を選んだんです。自分の意思で選んだものって想像以上に思い入れがあるものですよ。今は関係がうまくいっていないかもしれませんが、ジェラルド様は絶対にお姉様に思い入れがあると思うのです」

それを聞いたシュゼットはミシェルを励ました。姉のことを、ずっと羨んでいた。恨んだこともある。けれども彼女自身、それほどの悪人ではないことを知っていた。――ただ。

「ですから頑張ってくださいませ。お姉様のその他人の痛みに鈍感なところは、ある意味才能ですわ。他人の事情を全く慮ることなく、まっすぐに自分の心の望むまま、欲しいものを欲しいと言えるのは、素晴らしい資質だと思いますよ」

姉の美しい顔が、盛大に引《ひ》き攣《つ》る。これは欲しいものを欲しいと素直に言えないシュゼットにとって、ほんの少し毒をしのばせつつも、一応は姉に対する賞賛の言葉なのだが。

「褒められているのか、貶《けな》されているのかわからないわ」

ミシェルが頬を不服そうに膨らませる。シュゼットはそれを人差し指で突っつきながら、また笑った。

「うふふ。実はその両方ですの。こうして妹からの嫌味《いやみ》がわかるようになっただけでも、王宮で揉まれた甲斐《かい》があったのではないでしょうか？」

王宮《あそこ》で弱い人間は、生き残れない。これまで人の裏側までは知ろうとしなかった姉が、こうして妹の言葉を裏読みしようとするだけでも、成長があったということだろう。

そして、姉は自分の欲しいもののためならば、努力をおしまない性質だ。

領地にいるときは、美容のため、厳しい食事制限をし、毎朝の散歩を欠かさなかったことを知っている。

ドレスや装飾品に関しても、吟味を重ね、自分に最も似合うものを探す手間は惜しまない。

それと同じように、夫も自分に似合うように、頑張って自分好みに育てれば良いのだ。

「ええ。……もう少し、頑張ってみるわ」

そういってミシェルは、涙をぬぐい立ち上がった。

そして、シュゼットを柔らかく抱きしめる。

ミシェルから薔薇《ばら》の香水の良い匂いがする。こんな状態でもそんな身だしなみを忘れない姉を、シュゼットは尊敬する。とてもではないが、自分にはできない芸当だ。

姉から抱きしめられるなど、生まれて初めてかもしれない、とシュゼットは思い、少し笑う。

そう、もっと早く、姉に言いたいことを言ってやればよかったのかもしれない。そうすれば、姉妹がこんなに拗《こじ》れることも、なかったのかもしれない。

やはり周囲に波風立たせぬよう、己の言葉を呑み込むことは、怠慢だったのかもしれない。

「ありがとう。……そしてごめんなさい。シュゼット」

耳元に小声で漏らされた礼と詫びに、シュゼットはまた笑い、ミシェルの華奢なその背を撫でてやった。

それは、あの婚約解消劇以来、姉から初めてもらった謝罪の言葉だった。


「――はい。お姉様。これ」

シュゼットは焼き菓子が入った籠を、ミシェルに渡す。

ミシェルはそれを見て、何かを思い出したのだろう。両目をわずかに潤ませた。

「みんな、待っていますわ。少しでいいから、帰り道に寄って差し上げてくださいませ」

そう言えば、ミシェルは何度も頷いて、受け取った籠を抱きしめると、涙をこぼした。

それから、王都へと帰っていく姉の乗った馬車を見送る。

両親は複雑そうな顔をして、長女を見送っていた。おそらく彼らにも、思うところはあったのだろう。

「……これでよかったのか？」

隣に立つアンセルムがそっと聞いた。シュゼットは笑う。

「ええ、もっと恨み言を聞かせてやろうと思っていたのだけれど」

もちろん姉にされたことはいまだに心の傷となって残っている。それを赦《ゆる》せるかどうかと言われれば別問題だ。――――けれど。

あのまま自分がジェラルドと結婚したところで、幸せな未来など一つもなかったと断言できる。ミシェルよりも自分の方が、明らかに充実した生活を送っている今、これ以上姉を詰ろうという気は湧

たい。

「それにお姉様に頑張ってもらわないと、我が家も困ってしまうもの」

できるならば、姉には是非これ以上ルヴェリエ辺境伯家に迷惑をかけないように、頑張ってもらいたい。

「確かに。それもそうだな」

納得したアンセルムがほんの少しだけ口角を上げて笑う。その顔に、緊張していた心がほどけていく。

「――――ありがとう、アンセルム」

なによりも、アンセルムが迷いなくシュゼットを選び、庇ってくれたことが嬉しかった。おそらくはそれによって、シュゼットの中の姉への憎しみが昇華されてしまったのだ。

礼を言ってそっとアンセルムの顔を見上げれば、彼の顔が甘く緩んだ。

これまでずっとシュゼットは、彼の捧げてくれる愛の言葉を全く信じていなかった。

だが今になって、ようやく彼の言葉を受け入れても良いのではないか、という思いが湧いてきた。

「何に礼を言われてるのかはわからないが、どういたしまして」

いつものアンセルムらしい言い草に、シュゼットは声を上げて笑う。

そんな彼女の顔を、アンセルムは眩しそうに目を細めて見ていた。

第六章　君のためなら

「いつもあの子の話に付き合わせて悪いわね。シュゼット」

その日、いつものようにアンセルムの話を聞くため、シュゼットが中庭の長椅子に座って彼の訪れを待っていると、そこにアンセルムの母、ノヴィール伯爵夫人ジェニファーがやってきて、突然シュゼットに詫びた。

付き合わされている、という感覚がなかったため、シュゼットは首を傾《かし》げた。

「嫌なら断って良いのよ。シュゼット」

「いいえ、ジェニファーおば様。アンセルムのお話を聞くのは楽しいです。断るだなんて……」

「……あの子、前回の時はあなたになんの話をしたの？」

「ええっと、確か先の戦争で多数の死傷者を出した、悪名高いミューラー湾上陸作戦の被害の全貌と、その作戦の改善点についてです。無謀極まりない作戦はやっぱり駄目、というお話でしたわ。お勉強になりました」

アンセルムとの時間を失うのがいやで、シュゼットは笑顔を作り、ジェニファーにしどろもどろながらも必死にとりなした。

だが、それを聞いたジェニファーは「女の子に話す話題じゃないわ……」と空を仰ぎ、深いため息を吐いた。

「大体、人を殺す武器や戦争が好きだなんて恐ろしいわ……。あの子、本当に大丈夫なのかしら」

ジェニファーは苦々しく顔を歪め、自分の息子を憂い、恥じた。

確かにアンセルムは口を開けば軍事のことばかり喋っている。母親としては、心配なのだろう。

――――だが。

シュゼットは勇気を出して、口を開いた。

「……あ、あの、ジェニファーおば様は『禁断の甘い果実～伯爵夫人は罪に溺れて～』という恋愛小説がお好きなのでしょう？」

突然何を言い出すのかと、ジェニファーは目を見開く。

「先ほどお母様と楽しそうにお話になっておられたから。私、聞いていたのです」

ジェニファーは、しまった、と思わず顔をしかめてしまった。

『禁断の甘い果実～伯爵夫人は罪に溺れて～』とは高貴なご婦人の間で流行している、大人向けの恋愛小説である。

父親ほどに年の離れた伯爵に嫁ぐことになった哀れな令嬢が、愛のない辛く苦しい結婚生活の中で、舞台役者をしている美しく心優しい青年と出会い、許されざる恋に落ちてしまう、という禁断の恋愛小説《ラブストーリー》だ。

際どい描写も多く、とてもではないが、シュゼットのような幼い少女に聞かせるような話ではない。

だが、いまいちシュゼットの影が薄いため、ジェニファーはうっかりその存在を見落とし、シュゼットの前で友人である彼女の母とその作品の感想で盛り上がってしまったのだ。

「ねえ、ジェニファーおば様は、そのお話がお好きなんでしょう？」

シュゼットが、小首を傾げ、念を押すようにもう一度聞いてくる。ジェニファーはなんと答えれば良いのかわからず困ってしまった。

「ま、まあ、そうね。ほら、シュゼット。こんなお話はやめてもっと楽しいお話をしましょう」

「……つまりジェニファーおば様は、その本のように、おじ様以外にも若い男性とお付き合いしたいということですか？」

「そんなわけないでしょう！　なんてことを言うの！」

とんでもないと目を剥いて、ジェニファーはシュゼットを咎めた。恋愛小説に自己を投影して楽しむことはあっても、それを現実に持ち込むつもりなどない。

うっかり子供に変なことを言いふらされ、周囲に誤解されてはたまらない。

するとシュゼットは、ジェニファーの怒声に驚いたのか、一度体を大きく震わせながらも、その怯えを隠すかのように、必死に口角を上げて笑って見せた。

「もちろんそうですわよね。ジェニファーおば様はおじ様がお好きですものね。――だけど」

シュゼットはジェニファーの目をひたりと見つめた。暗い灰色の目が、陽光に反射して鋼《はがね》色に輝く。

「それはアンセルムも同じです。武器や兵法書が好きだからと言って、意味もなく人に乱暴をするような、そんな人ではありません」

ジェニファーは愕然とする。目の前にいる小さな少女の凛《りん》とした雰囲気に呑まれ、何も言い返せない。

「アンセルムは優しいです。とても、とても優しいです」

そう、こんな自分《シュゼット》にも、話しかけてくれる。遊んでくれる。

正直、いまだに彼の話している内容の半分くらいは意味がわからないし、無表情過ぎて何を考えているかもよくわからない。だが、それでも。

「私は、アンセルムが大好きです」

きっぱりとシュゼットが言えば、ジェニファーはうなだれた。

この小さな幼馴染の少女よりも、母である自分が息子を信じることができなかったという、その事実を突きつけられて。

「……ごめんなさいね。シュゼット」

恥じ入った彼女は、目の前の小さな息子の友人に詫びた。

そう、確かにアンセルムは武器や戦術書への思い入れが少々常軌を逸しているが、本人自体に乱暴なところは一つもなかった。どちらかと言えば感情の波が少ない、穏やかな子だった。

「こちらこそ、生意気なことを申し上げました。お許しください」

シュゼットもジェニファーに対し、慌てて深く頭を下げて詫びる。

正直、美しく自信に溢れた姉のミシェルに比べ、妹のシュゼットはパッとしない凡庸な子だとジェニファーは思っていた。だが、今、その認識を改める。

「ありがとう、シュゼット。あなたがあの子のそばにいてくれたことに、心から感謝するわ」

ジェニファーはしゃがみこみ、シュゼットの小さな頬に口づけをすると、視線を合わせて礼を言った。シュゼットはそれに安堵したように、柔らかな笑みを浮かべた。

――その一幕を、当の本人であるアンセルムが見ていたなどと、思いもせずに。

アンセルムは物心ついた時から、戦争を模した盤上遊戯が大好きだった。

それぞれの駒の特徴を生かし、じわりじわりと相手を追い詰めていく。戦略通りに遊戯《ゲーム》に勝てば、それは彼に驚くほどの高揚感を与えた。

盤上遊戯の戦術書を読み漁《よあさ》り、ひたすら駒を動かし続け、やがて大人も相手にならなくなり、気がつけばその遊戯でアンセルムと対等に戦える相手は、誰もいなくなっていた。

物足りなくなってしまったアンセルムは、今度は実際の戦争における兵法書に手を広げた。

そして興味は戦争に使用される武器の性能まで至り、頼み込んで父の銃に触れさせてもらい、初めて一発撃たせてもらった時は、手に伝わる重い振動と響く銃声に魂が打ち震えた。

男児なら誰しもが通る道であり、勇ましくて良いだろうと喜んだ父が、伯爵家所有の武器庫を披露すると、その所蔵量に歓喜の声をあげたアンセルムは、それらの仕様書を片手に武器庫に入り浸った。

そんな幼い息子に対し、人殺しの道具を愛《め》でるなんて、と母は怯え、どこか距離を置くようになった。

やがて常軌を逸したアンセルムのあまりの傾倒ぶりに、父や兄も流石に懸念を持ち、ほどほどにするようにと、アンセルムに苦言を呈するようになった。

家族から好きなものを否定されてしまったアンセルムは、それらを極力口に出さず、頭の中だけで楽しむようになった。

心の内ならば、誰にも知られず、迷惑をかけず、自由だ。

そしてアンセルムは、他に話すことを見つけられず、ほとんどの時間を黙って過ごすようになってしまった。次第に表情も失い、ただ頭の中で、様々な状況下における模擬戦を何通りも何通りも行いながら、ぼうっと過ごす日々。

アンセルムは、そのままずっと好きなものを吐き出さず、ひたすら内側に溜め込み続けた。

けれど、本当は誰かに話したかった。

先日新しく開発されたばかりの大砲が、どれほどの射程距離で、どれほどの破壊能力があるのか。

国軍において戦車の車軸部分に鋼鉄が使用されるようになり、どれほど耐久性が上がり、移動距離が増えたか。

そして頭の中で何度も行なった模擬戦で思いついた、様々な状況下における、たくさんの戦術を。

自分以外に誰も興味を持ってはくれないとわかっていても、誰かに聞いてほしくてたまらなかった。

――だから。

『アンセルム様は今、何にご興味がおありなの？』

シュゼットがそう聞いてくれた時、それまで溜め込んでいたものが一気に口から溢《あふ》れ出《で》てしまったのだ。

そのまま途切れることなくひたすら話し続け、聴衆が一人減ったことすら気がつかないほど無我夢中になって話し続け。

とうとう相手が睡魔に襲われ、相槌が遅くなったことでようやく我に返ったアンセルムは、全身から血の気が引いた。

両親からは、ルヴェリエ辺境伯家の姉妹と交流を深めるよう、厳しく言い渡されていたと言うのに。

これは明らかな失敗である。

そして、不快な思いをさせてしまったであろうシュゼットに、慌てて詫びようとすれば。

『私、アンセルム様のお話聞くの、好きです』

彼女は、そう言って、ただ楽しそうに笑ってくれた。

これまで、話を聞かせた相手に嫌悪感を露わにされることはあっても、こんな風に笑ってもらえたことは初めてだった。

その笑顔に、どれほどアンセルムの魂が打ち震えたか。きっとシュゼットは知らないだろう。

寂しい少年と寂しい少女は、こうして傷を舐め合うようになったのだ。

そして、今日。何を話そうかとワクワクしながら、いつものようにシュゼットに会いにきたら、そこにはすでに母がいた。

母は、シュゼットに息子《アンセルム》の異常さを説いた。

――ああ、これでまた失うのか、と思った。

アンセルムは自分が誰からも理解されないことを、子供ながらに受け止めていた。

悲しく思う気持ちと、やはり、という諦めの気持ちがあった。――それなのに、彼女は。

アンセルムの心臓が、どくん、どくん、と今までにないほどに大きく脈を打っていた。

「シュゼット……」

アンセルムのつまらない話をいつも楽しそうに聞いてくれる、可愛くて優しい、年下の幼馴染。

なぜだろう。彼女のことを考えると、いつも心臓が痛い。

シュゼットの態度が、くれた言葉が、どうしようもなく嬉しい。

このときシュゼットは、間違いなくアンセルムの心を救い上げたのだ。

目の前で母とシュゼットが楽しそうに会話をしている。そんな母さえも羨ましく妬《ねた》ましい。

本当は自分も、シュゼットが楽しめるような話がしたいのに。彼女の笑った顔が見たいのに。

小さなアンセルムは、大きく脈打つ胸を手で押さえると、深く息を吐き出した。


（ああ、そうか。この感情の名前はきっと――――）


――――懐かしい、夢を見ていた。

どうやら知らぬ間に軽く眠っていたらしい。

アンセルムはうっすらと目を開く。周囲はまだ夜の帳に包まれている。まだ朝は遠そうだ。そして、隣にあるぬくもりを引き寄せた。

「う……」

肌寒かったのか、小さく呻くと、シュゼットは素直にアンセルムの体にすり寄った。

触れ合う素肌のその温かさに、アンセルムの心が満たされる。

（本当に、自分への理不尽は諾々と受け入れるくせにな……）

当時のことを思い出し、苦笑する。

周囲に波風を立てることを嫌うシュゼットが、それでもアンセルムのために母に立ち向かってくれた。

あの頃、今よりもずっと臆病だった彼女にとって、大人に逆らうことは、随分と勇気を必要としたことだろう。

それでも、必死にアンセルムの尊厳を守ろうとしてくれた。

あの時から、シュゼットはアンセルムにとって唯一無二の存在になった。そんなことを彼女に言ってもきっと信じてはもらえないのだろうが。

十五の時、家族に天職だと笑われながらも軍に入れば、アンセルムの溜め込んだ知識は、むしろ歓迎され、敬意すら得た。

知識や着想《アイディア》を話す場も、利用する機会もいくらでもあり、アンセルムは充実した日々を送ることになった。

だが、その一方で、どれほど理解者が増えたとしても、自分に最初に手を差し伸べてくれたシュゼットは彼の特別のままだった。

あの日、シュゼットに諭された母は、それまでの自分の行動をアンセルムに詫びた。

「あなたを信じられなくてごめんなさい」

そう言ってアンセルムのことを強く抱きしめてくれた。密かに存在していた母と息子の確執は、こうして氷解した。

この一件からアンセルムの母はシュゼットのことをすっかり気に入ってしまい、その後、家族に冷遇され潰れそうになっているシュゼットに、あれこれと世話を焼くようになった。

親子揃ってシュゼットに夢中になってしまったのだ。

まだ幼いシュゼットが、金のために碌《ろく》でもない縁談を両親から押し付けられそうになっていることを知り、子供の頃からの友人である王妃に話を通し協力を得て、ルヴェリエ辺境伯夫妻に話をつけた上で女官として働けるよう王宮に送り込んだのも母だ。

まさかその後、うっかり王妃にまで気に入られて、第二王子の婚約者などになってしまった時は、本気で母を恨んだが。

(シュゼットは人誑《たら》しだからな……)

いつだって愚かなまでに、人の心ばかりを汲んでいる。だからこそ彼女の側にいる人間は、いつしかその居心地の良さが癖になってしまうのだ。

シュゼットの価値がわからない彼女の家族は、本当に愚かだと思う。

今でも事情を知る母からは時折『とっととシュゼットを落として私の娘にしてくれ』という督促のような手紙が届く。

可及的速やかにその要望には答えたいのだが、思いの外シュゼットは難攻不落だった。

『あなたが何かしたんでしょう?』

愛する女の親友は、アンセルムにそう言って、人の悪い顔で笑った。

そう、全ては自分の計画通りだ。あらゆる策を練り、あらゆる罠《わな》を仕掛けた。

『恋する乙女は盲目なのでしょうね。他人を見る目に聡いシュゼット様が、なぜかあなたのことだけは見誤っているようでして』

食えない彼女はそう言って肩を竦める。アンセルムの本性に気付いている要注意人物だが、彼女が純粋にシュゼットの幸せを願っていることもまた知っていた。故に計画の邪魔にはならないだろうと判断し、あえて放置していた。

『シュゼット様はあなたのことを良い人だと思っていらっしゃるようですが、あなた、全然良い人なんかじゃないですものね』

そういって、彼女、ロザリーはニヤニヤと笑った。

だが、実際はアンセルムこそ、シュゼットを見誤っていた。

アンセルムは、もっとシュゼットがたやすく手に入ると思っていた。

あの、物の価値がわからぬ阿呆《あほう》な第二王子に婚約を破棄されたシュゼットが、自《おの》ずと自分の手の中に転がり落ちてくることを、確信していたのだ。

だが、シュゼットはアンセルムが思うよりもずっと気高く、そしてずっと強い女だった。

『――――夫まで姉のお下がりなんて、冗談じゃない』

そう言って、彼女に切り捨てられた時。アンセルムは愕然とした。自分自身が、シュゼットを見くびっていたことに気付いたのだ。

もともとアンセルムのミシェルとの婚約を知ったシュゼットから距離を置かれてはいたものの、彼女が自分を憎からず思っていることは知っていた。

王都で、国軍に所属する自分と女官として働くシュゼットは、時折王宮内で騎士として働くアンセルムとすれ違うことがあった。

そんな時彼女はいつも笑って、嬉しそうに目配せをしてくれた。そんなささやかなことさえ、どれほど嬉しかったか。

だからこそ自己評価が低く、いつだって人のいいなりでお人好しな彼女は、あっさりとミシェルの提案した婚約者の交換話を呑むだろうと考えていた。

そうしてアンセルムはなんの代償も払わず、ルヴェリエ辺境伯領とシュゼットの両方を手に入れられるはずだったのだ。

しかし、王宮における四年間の女官生活は、彼女に強《したた》かさと自信を与えていた。

そのことを念頭に置かなかったのは、痛恨の失敗《ミス》だったと思う。作戦を立てる上で、最新情報への更新は必要不可欠だというのに。

だが、手に入らなかったことで、アンセルムのシュゼットへの執着はさらに増すことになった。

そして、彼女を絡め取るための計画を、全て練り直すことにしたのだ。もっと中長期的なものへと。

腕の中にいる、シュゼットの赤い髪を撫でた。ふわふわと柔らかいその手触りを楽しむ。

体はすでに手に入れた。――――あとは、心だけだ。

ゆっくりと、少しずつ自分に依存させ、離れられなくしてやるつもりだった。実際これまではうまくいっていたと思う。――――だが。

昨日届いた王都からの通達を思い出し、アンセルムは忌々しそうに舌打ちをする。

――もう、あまり時間がない。

寝起きの甘ったるい声で彼の名を呼び、腕の中のシュゼットが身じろぎし、うっすらと目を開ける。

「アンセルム……？」

どうやら起こしてしまったらしい。

とろりとした鋼色の瞳がアンセルムを見つめる。その眼差しがひどく腰に響く。だが。

「まだ、朝までは時間がある。もう少し寝ていろ」

このところシュゼットの領主代行としての仕事が忙しい。さらに夜はこうしてアンセルムに付き合わされているのだ。少しでも長く寝かせてやりたい。

等間隔でその白く滑らかな背中を優しく撫でてやる。するとシュゼットはうっとりと目を細め、さほどの時間を必要とせず、健康そうな寝息を立て始めた。

夫婦ではない以上、朝が来る前に自室に戻らなければならない。わかっているのだがなかなかここから離れる気になれない。

愛しい女のあどけない寝顔を、アンセルムはただ飽きもせず、ずっと見つめていた。


「……うわぁ、これはまたすごいですねえ」

ロザリーが呆れた声を上げげた。シュゼットも思わず肩を竦めてしまう。

朝一番に、まるで冊子のように分厚い手紙が届いた。もちろん差出人は王都にいる姉である。

姉の帰省騒ぎから、月に二、三度こうして姉から手紙が届くようになった。

ジェラルドも王妃も、どうやらあの事件の前からミシェルが随分と追い詰められていることは、理解していたらしい。

よってミシェルが王宮から姿を消した際、その報告を受けた王妃は、すぐに王子妃《ミシェル》は急病であるという情報を流し、事なきを得ていたようだ。

そしてシュゼットからの取りなしの手紙もあり、今回のことは不問とされ、姉は王宮へと戻った。

その際に姉は王妃からかなりの叱責を受けたそうだが、今はなんとか前向きに、王子妃として頑張っているようだ。

両親はそんな娘が心配になったのか、シュゼットとアンセルムに領主としての権限をすべて移譲し押し付けると、王都にある別邸《タウンハウス》に移住してしまった。

元々父は領主としての仕事をすでにほとんど放棄しており、領民たちはこの三年間で実働しているシュゼットとアンセルムを実質の領主として認識していた。

よって両親がこの領地からいなくなったところで、特段なんの問題もなかった。

それどころか、険悪な関係の両親の姿が目につかなくなったことで、常にどこかつきまとっていた息苦しさのようなものがなくなるという恩恵が得られた。

両親とはもうすでに、どうしようもないほどに断絶していたのだと、シュゼットは思い知らされた。

そして、それを知っても、もう、彼らのために痛む心もなかった。

一方で、なぜか姉との関係は改善した。お互いに言いたいことを言い合えたのが良かったのだろうか。

姉からの手紙は、当初は常識的な枚数だったのだが、なにやら鬱憤が溜まっていったのだろう。その枚数は回を追うごとに徐々に増えていき、今日届いた手紙もまた、その最大枚数を更新しているに違いないという有様である。

その数十ページにわたる超大作な姉の愚痴を、シュゼットはちゃんと隅々まで目を通す。

夫にこんなことを言われて腹が立った、姑である王妃にこんな態度を取られて悲しかった、どこそこのご婦人はどこのだれと不倫をしているから不潔だ云々《うんぬん》。

(お姉様にそれを言う権利があるの……?)

シュゼットは所々突っ込みを入れつつ笑いながら読んだ。きっと、この図太さが姉たる所以なのだろう。正直そばにいられると耐えられないが、他人として遠くから眺める分には面白い姉である。そしてこれらは正直なんの役にも立たない情報のように感じるが、実は掘り出し物のように有益な情報が混じっていたりするのである。姉の愚痴はなかなかに侮りがたい。

(……ふうん？　金鉱、ねえ？)

散文的で読みにくい文章を苦労しながら読み進めていくと、そんな面白い記述を見つけた。

この国に四つある辺境伯の一人が最近やたらと羽振りが良くなり、若い愛人を連れて色々な社交場に顔を出しては、自慢話を繰り返しているというものだった。

どうやら彼は領地内に金鉱を見つけ、金の採掘に成功したのだという。だが自慢げに連れ回している愛人が身に着けている装飾品が、高価なものだが実に趣味が悪く品がなくて嫌だ。そして、実家と同じ家格だというのに、この貧富の差が腹立たしい、という愚痴だった。

（本当の話なら、国からそろそろ監査が入りそうなものだけれど）

大きな金が動くと、揉め事も起こる。手にした幸運は黙っていれば幸運のままであるというのに、残念ながら多くはこの辺境伯のように、なかなか黙ったままではいられないものだ。

まあ、大金を手に入れれば、口には出さずとも生活が派手になるので、やはり隠し切るのは難しいのだろうが。

ふと件の辺境伯領の位置を思い浮かべ、シュゼットは眉をひそめた。

（きな臭い話にならないといいわね……）

まあ、今考えても仕方がないとその情報を頭に残し、先を読み進める。

この愚痴の手紙は、実は姉の夫の成長録でもあったりする。

いつもなら嫌がる食事会に、上目遣いでお願いしたら一緒に参加してくれた、とか、王妃の話を今日はちゃんと最後まで聞けた、とか。褒めてあげたら馬鹿の一つ覚えのように毎日ちゃんとやってくれるようなったとか。

まるで子供の成長録のようだが、実際は成人男性の成長録である。

姉はなかなか頑張っているようだ。シュゼットは読みながら、つい笑みをこぼしてしまった。

頑張った成果は評価されねばならない。必死に夫を育成している姉にとって、妹へのこの報告は、努力を褒めてほしいという心の表れなのだろう。

シュゼットはペンを取り、いくつかの助言《アドバイス》とともに、姉の努力を讃《たた》える手紙を書いた。

（……不思議なものだわ）

近くにありながらあれほどまでに遠く感じていた姉との心の距離が、遠く離れてみたら、妙に近くに感じる。分かり合えることなど永遠にないと思っていたのに。

（人生とは、本当に何がおこるかわからないものね）

シュゼットはくすりと笑い、姉への手紙に封をして、蠟《ろう》を落とした。

きっと人は、志あれば幾つになっても成長できる生き物なのだろう。

姉も少しずつ前へと歩き出した。ならば、自分も成長せねばなるまい。

「ねえロザリー。私、やっぱりこのままじゃいけないと思うの」

シュゼットは封筒を軽くひらひらとはためかせ封蠟《ふうろう》を冷ましながら、真面目な顔をしてポツリと呟いた。

今度は何を言い出したのかと、ロザリーは生ぬるい微笑みを浮かべて、シュゼットに温かな紅茶を差し出しながら続きを促す。

「うっかり惰性のまま今まできてしまったのだけれど。結婚をするしないはともかく、私、アンセルムにちゃんと自分の気持ちを伝えるべきだと思うのよ」

「おや、まだ伝えていなかったのですか？」

あれだけ夜を共にしておいて？　ロザリーが言外にそう聞けば、シュゼットは真っ赤な顔をして言葉に詰まった。

心身ともに親密な付き合いをしておきながら、シュゼット自身がアンセルムに対し、好意を伝えたことは未だに一度もない。

心に留めていた時間が長すぎて、今更ながら自分の想いをアンセルムに上手く伝えることができなくなってしまったのだ。

この領地で、アンセルムとともに過ごして三年以上が経った。

だが、二人の関係は相変わらず、肉体関係のある幼馴染兼主従のままだ。

ちなみにアンセルムの方は相変わらずシュゼットに対し、いつでも愛の言葉を大盤振る舞いしている。主に無表情で。

せめてもう少し彼の表情が豊かであったなら、シュゼットはこれほどまでに悩まなかったかもしれない。

「……私ね、ずっとアンセルムの言葉を信じていなかったの」

ただ、このルヴェリエ辺境伯領がほしいがために、シュゼットに愛の言葉を吐いているのだと、そう思っていた。

だって、あの時彼は言ったのだ。『こうなったら仕方がない』と。

だから、彼が領地を得るため『仕方なく』結婚してもらわなければならない自分が、どうしても惨めで受け入れられなかった。

「……せめて夫くらいは、私自身を一番に望んでくれる人がいいって。そう思ってしまったの」

『────誰かの一番大切になりたい』

あの時、心の中に残ったままの幼い頃のシュゼットが、そう言って泣いた。

「ああ、それはまさに大失言というやつですわね……。他に言い方があったでしょうに、あの男……」

ロザリーの目が冷え冷えとした色を宿す。そんな彼女をなだめるように、シュゼットは微笑む。なんだかんだ言ってロザリーはいつもシュゼットのために怒ってくれる。そのことが、とても嬉しい。

「だから私もつい意固地になって、そんな風に思われてまで彼と結婚なんてしたくないと思ったのよ。――――だけど」

この前の姉との一件で、その頑なになっていた心が、揺らいだ。

自分でも単純だと思う。それでもやはり嬉しかったのだ。姉の前で、シュゼットを愛していると、そうはっきりと言ってくれたことが。

「……前にも言ったように、私、ずっと他人の顔色を窺いながら生きてきたの」

常に人の言葉や表情を素直に受け取らず、その裏を疑いながら生きてきたのだ。

「そうしなければ自らの心を守れない、弱い人間なの」

相対する人間を観察し、人格や性質を前もって読み取り知っておくことで、意思疎通する際の対策を練っておく。

そうすることで、その相手によっていずれ自らに付けられるであろう傷を減らすことができる。

――――それはいわば防衛本能で。

そうしなければ、シュゼットは味方のいないこの冷たい家で、生き残ることができなかった。

けれど、いつも無表情なアンセルムの心だけは難しくて、どうしても上手に汲《く》み取《と》ることができなかった。

さらにシュゼットは、常に最悪の事態を想定をしながら生きている、悲観主義者である。

だからこそ、素直にアンセルムの言葉を受け取ることができなかったのだ。

「ずっと前から愛していたと言われても、さすがにそれは信じられないけれど」

——少なくとも、このルヴェリエ辺境伯領で共に過ごした、三年間の想いは。

「……信じてもいいかなって思ったのよ」

どれほど自分が彼に大切にされていたか。どれほど自分が彼に助けられ、守られていたか。

それだけは、この身を以《もっ》て知っている、疑いようのない事実で。

シュゼットは、いつかアンセルムがこの場所を出ていくことを想定していた。

だからこそシュゼットを全力で甘やかし、自分に依存させようとしてくるアンセルムに対し、必死に抗《あらが》っていたのだ。

いつか、彼がそばからいなくなった時、自分がその喪失に耐えられるように。

——けれど、本心は。

「……私、本当はね、アンセルムとずっと一緒にこの場所を守りたいの」

小さな声で呟く。それはロザリーにさえ初めて伝えたシュゼットの本当の気持ちだった。

よくできました、というようにロザリーが優しく笑う。

彼女の棘《とげ》のない微笑みを見るのは久しぶりで、シュゼットは少々呆気にとられてしまった。

そして、動揺しつつも、はっきりと口を開く。

「――――アンセルムと、一緒にいたいの」

あの一件で、姉《ミシエル》のように、欲しいものは欲しいと言ってみようと、そう思ったのだ。

「では、そのことをきちんと伝えねばなりませんね」

ロザリーに諭され、シュゼットは幼《いとけな》く頷いた。

ずっとアンセルムはシュゼットを待っていてくれた。いつ投げ出しても誰も責めないような状況下で。

そんな彼に、少しでも報えるのならば。

「この三年間、こじれにこじれた関係が、ようやく修復しそうで、ホッとしましたよ」

嬉しそうにいうロザリーに、シュゼットは恥ずかしそうに顔を伏せた。

いつも飄々としている親友だが、その実、ずっと心配してくれていたのだろう。

「でも、ロザリー。どうやってアンセルムに気持ちを伝えたらいいかしら」

「あ――――。……そこからですか」

ロザリーはクスクスと笑って、では一緒に考えましょうと提案してくれた。

第七章　素直になる時

　というわけで、シュゼットは現在、必死にアンセルムに十年以上溜め込んだ想いを伝えるべく、その機会をうかがっている。

　心を決めて大分経つが、残念ながら未だ事態は全く進展をしていない。

「……まさか、シュゼット様がここまで意気地なしだとは」

　呆れたロザリーに苦言を呈されても、シュゼットには全く弁解ができない。

「こ、これでも頑張っているのよ。ただアンセルムを前にして、自分の気持ちを伝えようとすると頭が真っ白になってしまって」

　まずは、自分が彼に好意を持っていることを、伝えなければならない。

　だが、自分に対し愛を請う彼に、散々そっけない態度を取り続けて、結婚など絶対しないと豪語し続けた分際で、今更どの面《つら》を下げて「好き」などと伝えればいいのか。シュゼットは困り果てていた。

「その面を下げて伝えるしかないんじゃないですか？　それにアンセルム様は今更なんて思いやしませんよ。まあ、せいぜい大喜びでそのまま寝室に担ぎ込まれて、シュゼット様が大変な目に遭うくらいじゃないですか」

今日もロザリーの舌は切れ味抜群である。しかもそれに関してはうっかり想像がついてしまって、シュゼットは頭を抱えた。

「アンセルムが『愛してる』と言ってくれた時に、しれっと『私も』と答えるのが一番難易度が低い気がする。二言で終わるし。まずはそこから挑戦してみようと思うの」

毎朝挨拶のようにアンセルムから伝えられるその愛の告白に、未だ返答することさえ出来ていないというシュゼットに、ロザリーは主人の道行きの遠さを知る。

自分の心を素直に口にすることを、長らく自らに禁じていたシュゼットの歩みの速さは亀以下だ。

「難易度の問題なのですか？」

「だって、彼の前でこの私に『愛してる』なんて言葉が吐けるとはとても思えない。恥ずかしくて死んでしまうわ」

「そんなことくらいで死にゃしませんって。もうちょっと頑張りましょうよ、シュゼット様。アンセルム様なんてもう軽く千回以上は言っておられますよ」

「アンセルムと私では精神構造が違いすぎるのよ」

そう言って顔を真っ赤にして照れているシュゼットは非常に可愛い。酷く大人びているせいで来なかった思春期が、今頃になってやってきたのかもしれないと、ロザリーは笑う。

「それでは直接的な言葉じゃなく、婉曲《えんきょく》に言ってみたらどうです？『一生一緒にいてほしい』とか」

「それはむしろなんだかとっても重くないかしら？」

「アンセルム様なら重ければ重いほど喜ぶだけだと思いますけど」

ロザリーの言葉に、シュゼットは困ったような顔をする。

「正直、そもそもなんでアンセルムが私を愛してくれているのか、いまだに全くわからなくて」

これまでは、彼がルヴェリエ辺境伯を継ぐためという明確な理由があった。

だが、シュゼットそのものを愛しているのだと言われてしまうと、その理由がわからない。

「私、アンセルムに酷いことをたくさんしている気がするのに」

ロザリーは、さもアンセルムがシュゼットを溺愛しているかのように言うが、シュゼット自身はそこまでの確信をもっていなかった。

「どこまで自信がないんですか。アンセルム様はあんなにもあからさまなのに。そこまでいくと流石に卑屈ですよ。シュゼット様」

「う……わかってはいるのよ。ただ、思考回路がつい後ろ向きになってしまう癖を直すのは、なかなか難しいのよ」

しょんぼりと肩を落とすシュゼットの柔らかな頬を、揶揄《からか》うように軽く突っつくと、ロザリーはまた笑った。

「じゃあ、それもアンセルム様に聞いてみたらいかがです？　シュゼット様のどこが好きなのか。きっと聞けば事細かに、まるで銃器の性能説明の時くらいの勢いで教えてくださいますよ」

夢中になって武器性能を説明するアンセルムを思い出し、シュゼットも思わず笑ってしまった。

アンセルムは新たに手に入れた武器は徹底的にいじり倒し、その性能を分析する癖がある。

ちなみにシュゼットの体もまたアンセルムに徹底的にいじり倒され、分析され尽くして、今ではすっかり彼に従順になってしまった。由々しき事態である。

自分の体を這うアンセルムの掌《てのひら》を思い出して少々身悶えた後、シュゼットはふと思いつく。

「……そうだわ。閨《ねや》の中で、どさくさに紛れて伝えるってのはどうかしら」

アンセルムと体を重ねているときは、不思議と羞恥心が失われ、普段では絶対にできないことも、彼に請われるまま従順に応じてしまうのだ。それを逆に利用し、想いを伝えてしまえばいい。

「――――今夜、アンセルムを寝室に誘ってみるわ」

生真面目な顔で言い出したシュゼットを、ロザリーが憐れみの目で見つめる。

ロザリーの主人は非常に聡明であるが、時に非常に愚かである。

「……そもそも何故それができるのに、その遥《はる》かに前段階で行うべきことができないんでしょうね……？」

「……………」

ロザリーの言葉が正しすぎて、シュゼットは何も言い返せなかった。

そして、思い立ったら即実行するのがシュゼットの信条である。仕事《ノルマ》はできるだけ前倒しにする主義だ。

領主としての仕事を終え、アンセルムがいるであろう辺境伯軍の詰所へと向かう。

兵士の詰所にはアンセルムに連れられてよく顔を出すので、特に誰からも見咎《みとが》められることなく、彼を探してその無骨な建物の中を進んでいく。

時折シュゼットに気付いた兵士たちが、慌てて敬礼をしてくるので、微笑んで会釈を返す。

だが、何かあったのだろうか。詰所内を普段より物々しい雰囲気が漂っていた。

兵士たちも皆、なにやら慌ただしい。

途中、アンセルムの秘書官を見かけ、恐縮する彼に上司の居場所を聞けば、練兵場にいると言う。

（大規模な訓練の予定でもあったかしら？）

もしそうならば、まずシュゼットに報告が来るはずだ。だが現状そんな話は聞いておらず、首を傾げながらも練兵場に行けば、いつもにも増して険しい顔をしたアンセルムが、兵士たちの訓練を見守っていた。

その真剣な顔に声をかけづらくなったシュゼットは、そっと彼の後ろで共に訓練を見つめる。

三年前までこの辺境伯軍は、ほとんど名前だけの組織に成り下がっており、まともな兵士など、ほとんどいない状態だった。

だが、それをアンセルムが徹底的に綱紀粛正し、今や兵の数は三倍にまで増え、練兵場は程良い緊張感に満たされている。

「そこまで！」

「きゃっ……！」

アンセルムの発した大きな声に、驚いたシュゼットが思わず声を上げると、アンセルムが振り返り、シュゼットの姿を見て目を見開いた。

「どうしたんだ？　シュゼット。こんなところに」

アンセルムが駆け寄ってきて、視線を緩める。それはいつものアンセルムで、シュゼットはほうっと安堵のため息を吐いた。

「……仕事中にごめんなさい。大した用ではないから、今度でいいわ」

明らかに忙しそうなアンセルムに、今夜私の部屋に来ませんか、などと、とてもではないが口が裂けても言えない。シュゼットは早々に諦めて仕切り直すことにした。

「それにしても、詰所内がなんだか慌ただしいけれど、なにかあったの？」

シュゼットが聞けば、アンセルムが困ったような顔をした。

「……少しな。俺も後で、お前に話したいことがある」

「それは、ここでは言えないこと？」

「ああ。今夜は遅くなるが、お前の部屋に行く。いつものように鍵を開けて待ってろ。いいな？」

図らずも目的が達成されてしまったシュゼットは、怪訝に思いながらも頷き、詰所を後にした。


「ひっ！　あ、ああ――――っ！」

後ろから勢いよく突き上げられたシュゼットは、体の奥を暴かれる被虐的な快感に、高い声を上げてシーツを掴み背中を反《そ》らせた。

そのしなる背中に、獣のようにシュゼットを犯す男が、口づけの雨を降らせる。

今日のアンセルムは酷く性急だった。

日付が変わった頃、ようやくシュゼットの部屋に訪れた彼は、挨拶もそこそこに、シュゼットに食

らいつくような口付けをし、あっという間に着ていた夜着を剥ぎ取ると、寝台へと押し倒した。

そして、容赦無くシュゼットの体を追い詰め始め、気がついたら、何度も絶頂に押し上げられ、背後から体を貫かれていた。

正直展開が早すぎて、シュゼットは何が起こったのかわからないまま、快楽を享受させられ、だらしなく嬌声をあげることしかできない。

襲いかかる快感に体を支えきれず、崩れ落ちそうになるシュゼットの太ももを掴むと、アンセルムは自分の方へと力いっぱい引き寄せ、また腰を叩きつけた。

「あっあっ……‼」

シュゼットは休むことも許されないまま、ひたすらだらしない嬌声を上げるしかできない。

じゅぶじゅぶという粘着質な水音と、肌がぶつかり合う音が、耳まで犯していく。

「も……やぁっ……おねがっ……」

痛みに転じてしまいそうなほどの強い快楽に、思わず許しを請うが、シュゼットを苛《さいな》む熱杭は容赦なく彼女を犯しつづける。

「ひいっ……‼」

それどころか、後ろから手を伸ばされ、赤く腫れ上がった花芯を指先で弾《はじ》かれた。

わかりやすい甘い感覚に、きゅうっと蜜口が収縮する。

「ああ、お前はここをいじってやると、良く締まるな」

「しらな、ああっ……！」

意地悪気に耳に流し込まれる言葉は、シュゼットの羞恥を煽り、そして、その体をさらに敏感にさせる。

「これ、もう、やぁ……！」

互いの顔が見えない状態で、ひたすら快楽ばかりを叩き込まれることが恐ろしく、シュゼットはとうとう涙をこぼして懇願する。

すると、さすがにやりすぎたと思ったのか、背中から優しく抱き込まれ、そっと体を反転させられた。

そこにあるのは、大好きな顔。青い目が情欲を宿して自分を見ている。

「アンセルム……」

掠《かす》れた声で名を呼べば、アンセルムは何かに耐えるように、眉間に皺を寄せた。

「アンセルム……」

もう一度名前を呼んで、彼の頬へと手を伸ばした。

（今なら……！　今なら言えるかもしれない……！）

「アンセルム……あの、あ」

覚悟を決めて、彼の頬に指先を滑らせながらずっと言いたかった言葉を紡ごうとすると。

「あい、ぁあっ……！」

焦れたアンセルムがシュゼットの奥に思い切り楔《くさび》を打ち込んだ。

じんっと胎内が痺れ、シュゼットは言葉にならない声を上げた。

「ああ、本当にお前の中はたまらないな、シュゼット」

がつがつとシュゼットを突き上げながら、アンセルムが熱に浮かされたように言う。

「なんでこんなにも気持ちがいいんだろうな……」

それは、こちらの台詞《せりふ》だとシュゼットは思う。

こうして体を繋げることは、なぜこんなにも気持ちがいいのだろう。

どこよりも敏感で、傷つきやすいその場所を、こんなにも無防備に晒し出すこの行為は。

心地《ここち》好《よ》さそうに目を細めるアンセルムに、シュゼットは満たされた気持ちになる。

ちゃんと心が通じているような、そんな気持ちになる。

彼にこんな表情をさせているのは自分なのだと、そう思い、満たされる。

「くっ……」

耐えきれなくなったアンセルムが、小さく呻く。そして、容赦無くシュゼットを穿《うが》ち始めた。奥へ、奥へと。

自分の中にあるものの硬さと大きさが増し、シュゼットは圧迫感に喘ぐ。

「ほら、出すぞ……。孕め……！」

「や、ぁぁぁぁっ……‼」

アンセルムが、シュゼットの中で白濁を放つ。その瞬間に、シュゼットもまた絶頂に呑み込まれた。

最後の一滴までも搾り取ろうとするかのように、アンセルムを締め付けながらひくひくと脈動を続ける胎内に、彼の吐き出した熱が広がっていく。

しばらくして力を失ったアンセルムの体が、繋がったままのシュゼットの上にゆっくりと落ちてくる。

心地よい彼の重みはいつもシュゼットに充足感を与える。そして、汗で張り付く肌が境目をなくすような錯覚。

（このまま一つになってしまえたら、私の想いも彼に伝わるのに）

結局今日も伝えることができなかった。意気地なしのシュゼットは彼の背中に手を這わし、そっと自己嫌悪のため息を吐く。

「無理をさせたか？」

すると、そのため息が聞こえたのか、アンセルムが心配そうに聞いてきた。

「……いいえ、大丈夫」

「──そうか。なら良かった」

そう言って、いつものようにアンセルムがシュゼットの背中を優しく撫でた。

時間はすでに深夜遅く。彼は話したいことがあると言っていた。

聞かなければ、と思うのに瞼《まぶた》がひどく重い。

「なあ、シュゼット。明日逢引《デート》をしないか？」

そう言ったアンセルムの言葉を、シュゼットは夢心地で聞いていた。

次の朝、起きていつものように仕事に行こうと執務室へ向かう途中の廊下で、突然ロザリーに捕まった。そして、部屋に連れ戻された挙句に、外出着に着替えさせられ、化粧をされ、髪を編み込まれた。

普段の何倍も力の入った格好に、シュゼットが首をかしげる。

「今日、何か重要な予定でもあったかしら？」

秘書としてシュゼットの日程の管理をしているロザリーに聞けば、ロザリーはいいえ、と笑った。

「ですが、今日の仕事の予定は全て後日に回しました」

「あら、何故かしら？」

「アンセルム様からのご指示です。逢引したいから、今日一日シュゼット様の時間を空けてくれと。まだ誘われていらっしゃらないのですか？」

そう言われてシュゼットは、昨日寝る前にアンセルムに誘われたことを思い出した。

確かに彼は「逢引《デート》をしよう」と言っていた気がする。

「すっかり夢の中の話だと……逢引……？」

アンセルムと仕事以外で遠出することなど初めてだ。途端に緊張して頬を赤らめたシュゼットを、ロザリーは微笑ましく見つめる。

「ここに来てからというもの、お二人ともずっと働きっぱなしだったんですもの。仕事のことは忘れて、たまには羽を伸ばしてらっしゃいませ」

ロザリーが笑って、シュゼットの背中を押した。

「それに、アンセルム様に想いを伝えられる機会《チャンス》かもしれませんよ」

シュゼットが頷き、ロザリーに導かれるまま城門に向かうと、そこにはすでにアンセルムが待っていた。

アンセルムもまたいつもの軍服ではなく、洒落《しゃれ》たフロックコートを身に纏っている。

（わぁ！　格好良い……！）

思わず見とれていると、シュゼットに気付いた彼が、ほんの少し甘く笑って見せた。

やはりこのところ、前よりもアンセルムの表情が豊かになった気がする。シュゼットの心臓がまた大きな音を立てた。

「ごめんなさい。待たせてしまったかしら？」

「いや。今来たところだ。……今日も綺麗だな。シュゼット。見惚れてしまった」

そう言って、アンセルムはシュゼットに手を差し伸べる。

彼のエスコートには慣れているつもりだったが、仕事以外では珍しく、シュゼットは妙に緊張してしまう。

「今日も愛しているよ。シュゼット。俺の女神」

「わ、わた、わたぁ……」

「わた？」

「なんでもないわ……！」

何故『私も』という、そのたった二言が言えないのか。何らかの呪いにかかっているとしか思えない。そして背中に突き刺さるロザリーからの生ぬるい視線が非常に痛い。

シュゼットは自分の不甲斐《ふがい》なさに肩を落とした。

そこから馬車に乗って、二人で風景を眺めながら進む。

「どこへ向かっているの？」

そういえば行き先も聞いていなかったと、シュゼットが聞くと、アンセルムは「ノヴィール伯爵領」だと言う。

「ノヴィール伯爵領？」

「ああ、お前に海を見せたくて」

「海……」

ルヴェリエ辺境伯領には海がない。王都からの移動の際に遠くから眺めたことはあるが、近くに行ったことはない。

アンセルムの出身地であるノヴィール伯爵領は海に面した領地を持ち、喫水の深い大型船が入港できる、水深のある良い港を持っている。故に、交易で栄え、数ある伯爵家の中でも有数の資産家だ。

「まあ！　ではジェニファーおば様にお会いできるかしら？」

「……流石に屋敷に寄る時間はないな。シュゼットに会えたら母上は喜ぶだろうが、それはまた今度だ」

「そう、残念だわ」

口ではそう言いつつも、今度という響きに、次もあるのだとシュゼットは嬉しくなってふふっと笑った。

するとアンセルムが何故かシュゼットを抱き寄せると、自らの膝に乗せた。

「ちょっと！　やめて。子供みたいで恥ずかしいわ！」

「今日はロザリーがいないからな」

仕事による外出の場合、シュゼットの秘書業務をしているロザリーが必ず同席している。

だから、こうしてアンセルムと二人きりで馬車に乗る機会は、あまりない。

「だからいつもやりたいと思いつつもできなかったことを、やってみようかと」

そしてアンセルムはシュゼットの赤毛を背後から掻《か》き上《あ》げうなじを露出させると、そこに口付けを落とした。

「ひゃっ！」

背筋にぞくぞくとした感覚が走り、シュゼットは思わず高い声をあげてしまった。

「良い反応だな」

アンセルムが喉で笑う音がする。そして思わず腰を浮かせたシュゼットを、逃げられないように腕で拘束してしまう。

「ちょっ……！　ひゃっ、あんっ」

ちゅっちゅと音を立てながら、うなじを吸われてシュゼットは身悶えてしまう。

やがてアンセルムの手が、シュゼットのドレスの裾に入り込み、脚を撫で始めた。

「ちょっとやめてアンセルム。って何かあたってるんだけど……！」

尻の下に、明らかに熱を持った硬いものが当たっている。というか当てられている。

「生理現象だ。許せ」

「今すぐ膝から下ろして……！」

「断る」

いやらしく太ももを撫でるアンセルムの手が、徐々にシュゼットの脚の根元へと近づいていく。

「やめてったら！　これ以上は無理……！」

「大丈夫だ。最後まではしない。悪いが御者に聞こえないよう、声は我慢しろ」

「だからそう言う問題じゃないっていつも言ってるで……あんっ！」

ドロワーズに入り込んだアンセルムの指が、いたずらにシュゼットの陰核を弾く。

そこを甚振《いたぶ》られる快感を知っているシュゼットの体から、くたりと力が抜ける。

そのまま、割れ目を何度もなぞられ、やがて溢《あふ》れ出《だ》した蜜を指の腹で掬《すく》い、陰核に塗りつけると強弱をつけながら刺激される。

「んっ！　んんっ‼　ん――っ！」

シュゼットは両手で自分の口を塞ぎながら、必死に声を堪える。

だというのにアンセルムはわざとくちくちと粘着質な水音を立てながら、シュゼットの陰核を嬲り続ける。シュゼットは快感に耐えられず思わず腰をもぞもぞと動かしてしまった。

「シュゼット……。こら。腰を動かすな。刺激されて辛い……」

「ん――ッ！」

アンセルムの股間を臀部でグリグリと押しつぶしてしまったらしく、アンセルムが悩ましげな声を上げた。

だが、そもそもアンセルムがこんなことをしなければ良いのではないかと思ったが、文句を言うには口を押さえる手を外さなければならず、シュゼットは心の中で毒吐く。

「んむうっ‼」

やがて指が密口に差し込まれ、思わずシュゼットは背中を大きく反らせた。

無意識にぎゅうぎゅうとアンセルムの指を締め付けてしまう。

馬車の中、お互いの荒い呼吸と、アンセルムがシュゼットの蜜壺をかき回す水音が響く。

やがて悪道に差し掛かったのか、上下の振動がひどくなり、それがまた下腹部に響いてたまらない。

シュゼットはあまりの気持ちよさに、気が遠くなりそうだった。

「ああ、ぐちゃぐちゃに濡れてるのによく良く締まる。この中に突っ込んだら気持ちいいんだろうなぁ……」

そして耳元でそんなことを言われながら、膣内と陰核を同時に刺激されて。

「――――っ‼」

シュゼットはあっさりと絶頂に達した。

「やっ！　待って……！　もどってこれな……！」

全身をビクビクと痙攣させながら達していると言うのに、アンセルムが指の動きを止めてくれない。

それどころかさらに激しく膣内をかき回す。

「やあっ！　ダメ……ッ‼　んんっ――――ッツ‼」

そのまま絶頂が長く続き、シュゼットはとうとう気が遠くなってしまった。

そして気がつくと、シュゼットはアンセルムの肩にぐったりと寄りかかっていた。

「目が覚めたか」

シュゼットが身じろぎすると、アンセルムが声をかけてきた。

先程までの無体を思い出し、シュゼットは思わず恨みがましくアンセルムを睨みつけた。

「そう言う目はやめろ、シュゼット。下半身に響くだろうが」

「睨んでるだけよ！」

相変わらずアンセルムの欲情を煽る要因がよくわからない。わからないので警戒のしようがない。

するとアンセルムが自分の手を眺め、頬を緩めた。

「それにしても俺の指で感じているシュゼットは非常に可愛くて最高だったが、俺は完全に生殺しだった。つまりは非常にしんどい。馬車はやめた方がいいな」

「自業自得だと思うわ……」

シュゼットは心底呆れてため息を吐いた。

そして、馬車内の淀《よど》んだ空気を入れ換えたくて、窓を開ける。

すると湿度の高い生ぬるい風が、馬車の中に入ってきた。

「――ああ、海の匂いがする。もうすぐ目的地だぞ。シュゼット」

アンセルムはそう言うと、シュゼットの髪を撫でて整えてくれた。

「わあ、大きい……！」

目的地に到着し、馬車を降りたシュゼットは思わず子供のように歓声を上げた。

向こう側が見えない水、と言うのを初めてこんな間近で見た。青い海と青い空の境界線が分からないほどに広い。

「シュゼット。海風は体を冷やす。こっちにこい」

アンセルムはシュゼットを呼ぶと、その肩を温めるように背後から抱いた。

馬車の中での彼の行為のせいで足元がふらついていたため、シュゼットはわざと思い切り体重をかけてやる。

するとむしろ、アンセルムはご褒美をもらったかのように嬉しそうな顔をした。残念ながら仕返しにはならなかったようだ。

そのまましばらく二人で海を眺めていると、アンセルムがすっと海に向かい指をさした。

「ほら、シュゼット。軍艦だ」

彼の指先の方向を辿《たど》り、目を凝らせば、点のような大きさの船が見えた。徐々にその船影は大きくなり、やがては巨大な軍艦となった。

そしていくつもの白い帆に風を受けながら、目の前を横切って航行していく。

その規模にシュゼットは呆然とし、見入ってしまった。

「……ノヴィール伯爵家が所有している軍艦だ」

確かに軍艦の船頭に、ノヴィール伯爵家の紋章である百合《ゆり》の花のレリーフが掲げられている。船尾には後ろ足で立ち上がった獅子《しし》が描かれた、セラフィーヌ王国の青い国旗。

ノヴィール伯爵は海賊対策のため､軍艦をいくつか所有している。おそらくそのうちの一船だろう。

「この軍艦はどこへ向かうの？」

海風に赤い髪を躍らせながら、シュゼットが聞けば、アンセルムは今度は王都の方向へ指を差す。

「俺の命令で、王都に一番近い軍港へ向かわせている」

「……俺の、命令？」

「ああ。だから俺は、この時間にこの軍艦がここを通ることを知っていたんだ」

彼は一体何を言っているのだろう。シュゼットは怪訝そうにアンセルムを見る。

だいたい何故軍艦を王都に派遣する必要があるのか。

そして、その指揮を、何故アンセルムがしているのか。

「……シュゼット。心して聞いてくれ」

彼の真剣な眼差しに、シュゼットは思わず無意識に唾液を嚥下《えんか》する。頭の中で警鐘が鳴り響く。

いかに表情を読みづらいアンセルムであっても、流石にわかる。

――これは、悪いことだ。

先を聞きたくないと、耳を塞ぎたくなる手をシュゼットは必死にこらえた。

領主代行である以上、聞かないという選択肢はない。

アンセルムは、そんなシュゼットの目をまっすぐに見て、その重い口を開いた。


「――戦争が、始まった」


アンセルムの言葉に、シュゼットは目を見開く。激しく動揺する一方で、やはり、と思う自分がいた。

「シェイエ王国が、我が国に宣戦布告をしてきた。おそらく目的は、国境付近の金鉱だ」

「金鉱……」

姉の手紙にあった内容を思い出す。そう、シェイエ王国との国境を有する辺境伯領で、金鉱が見つかり、その辺境伯の金回りが急に良くなったと。

足が、震える。シェイエ王国はこのセラフィーヌ王国と同等かそれ以上の大国だ。

国力が拮抗《きっこう》しているが故に、泥沼の戦いになる可能性が高い。

「シェイエ王国は、我が国を侵略し、金鉱がある場所まで国境線を引き直すつもりらしい」

淡々と事実を伝えるアンセルムの声が、頭に重くガンガンと響く。

「――そして、国王陛下から直々に、俺の召集命令が出た。明日、王都に向かう」

全身から、血の気が引く音がした。

つまりこれは、国からの命令だ。逆らうことは許されない。

アンセルムは優秀な軍人だった。かつては、将軍の右腕として、国軍にいた。

故に、有事の際に呼び出されるのは必然だ。――だって、だって彼は。

「……ノヴィール伯爵家の、次男にすぎない」

思わず呟いたシュゼットに、アンセルムが眉をひそめた。

「――違う。シュゼット」

「いいえ、違わない。何も違わないわ……！」

（もし、アンセルムが私と結婚し、すでにルヴェリエ辺境伯であったのなら――）

領主として自領を守ることが優先されたはずだ。戦場に、前線に駆り出されることなど、ありえなかったはずだ。

――それは、つまり。

はじき出された答えに、シュゼットの全身から力が抜け、その場にへたり込む。

自分のしたことの罪深さに、一気に涙が溢れ出した。


「……わたしの、せい」


「違う」

アンセルムが即座に否定する。だが、その声はシュゼットには届かない。

「私が、私のわがままが、あなたを戦場に送るのね……？」

「だから違うと言っている‼」

アンセルムが怒鳴り、虚空を見つめ涙を流し続けるシュゼットの肩を揺さぶった。

いくらルヴェリエ辺境伯の後継であるシュゼットの実質的な夫であり、領主の仕事を一部請け負っていたとしても。

シュゼットと正式な婚姻を結んでいない以上、アンセルムは所詮ノヴィール伯爵家の次男にすぎない。

つまりは、召集され、戦場に送られても、何の文句も言えない立場だ。

アンセルムは軍事に精通し、若くしていくつもの武勲を挙げている軍人だ。

戦争が始まった今、国軍としては、喉から手が出るほど欲しい人材だろう。

召集命令がきてしまった以上、今更ながら急遽シュゼットと婚姻を結び、ルヴェリエ辺境伯となったとしても、召集逃れとして糾弾され、腑抜《ふぬ》けと嘲笑され、王や国に対する忠誠までもを疑われかねない。

貴族であるのならば、そんな不名誉は耐え難いことだろう
何か手立てはないのかとシュゼットは必死に頭を巡らせる。だがどうしても、アンセルムを戦場に送らずに済む方法が思い浮かばない。

「ごめんなさい、ごめんなさいっ……！　私のせいだわ……！」

シュゼットはアンセルムの脚に縋りついて、泣きながら詫び続けた。許してもらえるとは思わなかったが、自分にできることはそれしかなかった。

嗚咽を漏らしながら懺悔《ざんげ》を繰り返すシュゼットを、アンセルムは上から包み込むように強く抱きしめた。

「――――シュゼット。それは違う。愚かなのは、この俺だ」

そして、彼女の耳元で同じく懺悔をこぼす。そして、人が悪そうな顔をして笑う。

そんな風に笑う彼を見るのは初めてで、シュゼットは瞬《まばた》きを繰り返した。

その度に、大量の涙がボロボロとこぼれ落ちる。

共に過ごしたこの三年間で、随分とアンセルムの表情が増えたように思う。

もしかしたら増えたのではなく、シュゼットが彼の表情を読めるようなっただけなのかもしれない

けれど。

「なあ、シュゼット。お前に軽蔑されそうで、ずっと黙っていたことがあるんだが。聞いてくれるか？」

シュゼットは小さく小首を傾げ、先を促す。

「なあ、聞いても俺を嫌わないって約束してくれるか？」

なぜこんなにもしつこく念押しをしてくるのか。シュゼットがアンセルムを嫌いになることなど、絶対にありえないのに。

だが、同意しなければ続きを話してくれなさそうなので、シュゼットは子供のようにコクリと頷いた。

それでもアンセルムは少しの間逡巡し、ようやく覚悟を決めたのか、口を開く。

「……実はジェラルド殿下とお前の婚約解消を仕組んだのは、この俺だ」

まるでいたずらが見つかった子供のような顔で、アンセルムが言った。

流石に驚いたシュゼットが、大きく目を見開いた。

涙に滲んだその目が、太陽の光に反射して燦然《さんぜん》と輝く。

シュゼットは自らの目をぱっとしない暗い灰色だと言うが、アンセルムにはいつも鋼の色に見えていた。

――――子供の頃からアンセルムが愛してやまない、鋼鉄の色。

「……物心つく前に勝手に親に決められた俺との婚約を、ミシェルがずっと嫌がっていたことは知っていた。まあ、俺もあえて彼女に嫌われるように仕向けていたしな」

洒落た話題一つ提供できず、自分を崇める言葉もくれない。口を開けば、軍事のことばかりの無骨な婚約者《アンセルム》。

それを嫌って、ミシェルは色々な理由をつけては婚姻時期を引き延ばし、密かにもっと自分に見合う男を探していた。

アンセルムもまた、それを知りながら自らも軍に入ることで、同じく婚姻時期を引き延ばし、いずれはミシェルとの婚約を解消するつもりだった。

だが、ノヴィール伯爵家の方から婚約解消を申し入れれば、これ幸いと多額の慰謝料を請求され、両親に迷惑をかけることは明確であったし、また、ルヴェリエ辺境伯家と険悪な関係になるのも避けたかった。

「なぜアンセルムは、そんなにもお姉様との婚約解消を望んでいたの？」

シュゼットが不思議そうに聞く。これには流石のアンセルムも不服そうに顔を歪めた。

「だから言っただろう？　ルヴェリエ辺境伯と険悪な状態になるわけにはいかないと。……俺の本当に欲しいものもまた、ルヴェリエ辺境伯家にいたからだよ」

――――そう、それはつまり。

「……わたしのこと？」

恐る恐る聞いてみれば、アンセルムはシュゼットの額を軽く小突き、小さく唇を尖らせ「他に何があるんだ」と拗《す》ねたように言った。

「俺はずっと、出会った日から、お前を愛していたんだ。シュゼット」

アンセルムがシュゼットの頭頂部に口づけを落とす。

「俺の話をいつも楽しそうに聞いてくれた。俺を優しいと、大好きだと言って庇ってくれた。いつだって面白みのない俺に、衒《てら》いなく笑いかけてくれた。そんなお前に」

――――恋に、落ちない理由がなかった。

そう言って、アンセルムは笑った。

まさか本当にそんなにも前からアンセルムが自分を望んでいたとは思わず、シュゼットは顔を赤らめて俯いてしまう。

そんな彼女の真っ赤になった耳を、アンセルムは愛おしそうに指先で触った。

上昇志向が強く、また小説のような恋愛に憧れる愚かなミシェルは、近いうちに恋人を見つけるだろう。そして婚約の解消を申し出てくるだろう。

そうすれば、ルヴェリエ辺境伯家の有責という形に持ち込んで、婚約を解消できる。

さらには、辺境伯を脅し、代わりに妹《シュゼット》を差し出させることもできるだろう。

「……俺がやろうとしていたことは、正直ミシェルと大差なかったと言うことだな」

アンセルムの想像以上に卑怯な策略に、さすがのシュゼットも少々引いた。

「すぐに謀略を巡らせるのは俺の悪い癖だ。心に温めていた恋心にすら打算的になった。だからこそきっと俺は、その罰を受けたんだろうよ」

ルヴェリエ辺境伯によってシュゼットに妙な縁談を持ち込まれないよう、母と手を組んで彼女を女官として王宮に送った。そして、虎視眈々《こしたんたん》とミシェルとの婚約解消の機会を窺っていたところで、事件が起きた。

想定以上にシュゼットを気に入ってしまった王妃によって、シュゼットと第二王子ジェラルドの婚約が決まったのだ。

「……あれは、本当に悪夢だったな。流石の俺でも王族が相手では手が出せん」

アンセルムが不快気に眉をひそめ、苦々しく吐き捨てた。

ミシェルからの婚約解消を待つことなく、なりふり構わずもっと早くにシュゼットを手に入れてしまえばよかったのだ。己の愚かさに絶望した。

人生において、あれほどまでに後悔に苛まれたことは、ない。

シュゼットの婚約によって自暴自棄になったアンセルムは、貴族出身でありながら、シェイエ王国との間に小競り合いが起こるたびに、あえて自ら志願して前線に出ると、まるで遊戯をするようにいくつもの武勲を挙げていった。

戦いの場に身を置かなければ、命を危険にさらさなければ、生きている心地がしなかった。

「……まさか、そんな事情があったなんて知らなかったわ」

あの頃、アンセルムが国境へ派遣されるたびにシュゼットは怯え、必死に彼の無事を祈ったものだ。軍事愛好家だとはいえ、あえて危険な戦いの場に身を置く彼を、どれほど憂いたか。

まさかその原因が自分だったなどと、小指の爪ほども思っていなかった。

だが、そうして決まったシュゼットの婚約者であるジェラルドは、彼女に対し不満を持っていた。

母によって決められた、兄の妻である王太子妃は、目も眩《くら》むような美女であるのに、同じく母によって自分にあてがわれたのは、気立ては良いが取り立てて特徴のない凡庸な娘。

職務上、王太子とともに行動することが多かったアンセルムは、ジェラルドがシュゼットを疎ましく思っていることに気付いていた。彼女に対するぞんざいな態度にも、怒りが募った。

(――――だったら、俺に寄越せ)

奥歯を噛み締めながら、何度も何度も思った。このままジェラルドの妃になったシュゼットが幸せになれるとは、とても思えなかった。

そして、ある日。アンセルムは決定的なことを偶然耳にしてしまった。

その日は王家の催した舞踏会が開かれていた。

シュゼットもジェラルドの婚約者として参加していた。美しい装いで、ジェラルドの隣に立つその姿を、王太子の護衛として側に付いていたアンセルムは腸が煮えくり返るような思いで見つめていた。

――――だと言うのに、あの男は。

『くそっ！　なんで私があんな地味な娘と――――』

悪友たちの会話で、そう、シュゼットを嘲笑し、貶《おとし》めたのだ。

王太子とは比べものにならない不出来な自分のことは棚に上げ、義姉である王太子妃と容姿だけを見比べて。

それを聞いてしまったアンセルムは、目も眩むような怒りに駆られた。

そして、アンセルムの中から、シュゼットを諦めると言う選択肢が消えた。

(さあ、どうしてくれようか)

アンセルムは思案し、そして思い付いたのだ。

だったら、その王太子妃に匹敵するほどの容姿をもつ自分の婚約者を、ジェラルドにあてがってしまえばいい、と。

「嘘……」

あまりに信じられない話に、シュゼットは呆然と呟いた。

「嘘ではない。本当のことだ」

そして、それはそう難しいことではなかった。

まずは、心のどこかで見下していた妹が、突然第二王子の婚約者となったことに忸怩《じくじ》たる思いを抱えているミシェルを煽ることにした。

ジェラルドは中身こそ軽薄な男であるが、外見はミシェルの好みに合致する。

「ねえ、アンセルム。シュゼットの婚約者のジェラルド殿下ってどんな方なの？」

そう探りを入れてきたミシェルにそのことを伝え、興味を持つように仕向けた。

そして、ともに王都に出て、シュゼットの婚約を祝いに行かないか、と誘いをかけた。

ミシェルはあっさりとその誘惑に乗り、両親を説得し王都へと出た。

そこで、ジェラルドと出会い、アンセルムの思惑通り、まんまと恋に落ちてくれた。

一方のジェラルドもまた、ミシェルの美貌に圧倒され、彼女に興味を持った。

その後、行動的なミシェルから誘いを受け、密会を繰り返しながらも、母が怖くて決断ができず、悩むジェラルドに、アンセルムは揺さぶりをかけた。

「自分の婚約者であるミシェルと、ジェラルド殿下が密会を繰り返してることを、知っているとね」

そして、ジェラルドが望むのであれば、愛し合う二人のため、自分は身を引いてもいいと。

まるでそれがさぞジェラルドのためであるかのように、話を誘導した。

『今回の婚約は、ルヴェリエ辺境伯との関係の強化を図るものなのでしょう？　ならば、姉でも妹でもどちらでも良いのではないですか？』

『ミシェルならば、王太子妃様の横に立っても遜色ないでしょう』

ジェラルドが兄である王太子に対し持っている劣等感を、うまく煽った。

「そして、あの茶番劇が起きたということさ」

かつて王妃が言っていたように、確かに「ジェラルドは誰かにそそのかされた」のだ。

そしてその誰かとは、まさかの婚約を解消された当人である、アンセルムだった。

「もしあの場で婚約者の交換をミシェルが言い出さなかったのなら、俺がその方向へと話を誘導するはずだった」

もうシュゼットは、何も言えなかった。呆然とアンセルムの顔を見つめる。

その後、ジェラルドとシュゼットの婚約を完膚なきまでに叩《たた》き潰《つぶ》すため、この婚約解消の噂を拡散させ臆したジェラルドを後戻りできなくさせたのも、もちろんアンセルムだ。

噂が広まりすぎてしまったことにより、王家はこの話を握り潰すことができなくなり、結果、ジェラルドとミシェルの婚約を認めざるを得なくなったのだ。

「そうして俺は、堂々とお前を手に入れ、さらにはこのルヴェリエ辺境伯の地位をも手に入れる予定だった。――――まあ、ここで見事お前に振られたわけだが」

最後の最後で出し抜かれたよ、と。そう言ってアンセルムがまた喉奥でククっと笑った。そこに、シュゼットを責めるような響きはなかった。

「本当にお前だけは、どうしても俺の思い通りにいかないな」

そう言って、アンセルムは笑う。恨みがましい言葉のはずだが、どこか嬉しそうなのは一体何故なのだろうか。

「結局、私が考えなしだったってことね」

シュゼットは俯いた。また涙がこぼれ落ちる。当時の自分の行動のせいで、アンセルムの策略は全て無に帰したのだ。

「だから、それは違うと言っているだろう?」

アンセルムはしゃがみこんでいるシュゼットを高く抱き上げた。突然視界が広くなり、シュゼットは慌ててアンセルムにしがみつく。

そして、アンセルムはシュゼットを見上げて口づけをする。

「——なあ、シュゼット。俺は、今のシュゼットが好きだ」

アンセルムは眩しいものを見るように、目を細めて笑った。

「臆病なくせに必死に顔を上げて、戦っている姿が好きだ。……だから、お前の選択は、何も間違ってなんかいなかったんだよ」

アンセルムの言葉が、シュゼットの心に染み込んでいく。

シュゼットも、今の自分が好きだった。

きっと、あのときミシェルの提案を諾々と受け入れ、アンセルムの妻になっていたら、今の自分はいなかったと断言できる。

確かにあの時のあの選択が、今のシュゼットを形作ったのだ。

「大体あのまま、あっさりお前が手の中に落ちてきていたら、俺は愛玩動物のようにお前の自由を奪い、安全な檻《おり》に閉じ込めて、愛でていたよ」

それはそれで満足だったのかもしれないがな、そう言ってアンセルムは笑う。

そもそもアンセルムの立てた策略には、シュゼットの気持ちや意思などは一切考慮されていなかった。ただ、アンセルムの望みを叶《かな》えるためだけの策。だから、その報いを受けた。

「というわけで、すべては俺の自業自得なのさ。愛に対し、打算的な行動をとった俺のな」

シュゼットは、首を横に振る。人間なら、己の望みを優先し、できるだけ安全で代償の少ない方法を選ぶのは、当然のことだ。

「それに、今俺が戦場に行かなかったとしても、このまま戦争が長引けばルヴェリエ辺境伯領だって遅かれ早かれいずれ戦禍に巻き込まれる。だから、やっぱりお前が気に病むことではないんだ」

そしてアンセルムは、悪戯っぽい顔をして、言った。

「――――なあ、今なら、俺の愛を信じてくれるか?」

シュゼットはただこくこくと頷いた。するとアンセルムは幸せそうに笑った。

「……それなら、いい。それだけでも、戦場に行く意味があるってものだ。どうせ命を懸けるのなら、国のためなんかより、愛する女のためがいい」

シュゼットはぎゅっと胸にアンセルムの頭を抱き込んだ。

彼は明日、戦場に向かう。そう思うと、胸が苦しくてたまらない。

「愛してる。シュゼット。俺にはお前だけだ」

アンセルムのその言葉に、シュゼットは何度も唾液を嚥下すると、蚊の鳴くような小さな小さな声で。


「――――私も」


ずっと言えなかった二言を、言った。

だが、アンセルムからはなんの反応もない。シュゼットにしては途方もない勇気を出して口にした二言だったのだが。

声が小さすぎて聞き取れなかったのかと、そっとアンセルムの顔を覗き込んでみれば。

アンセルムは目を見開いたまま。驚いた顔で固まっていた。

あまりの固まりっぷりに、思わず目の前で手を振ってみるが、それでも反応しない。

「アンセルム……？」

そっと呼びかけてみるが、やはり動かない。

仕方がないので、シュゼットはその動かない彼の唇に、そっと己の唇を重ねてみた。

「んっんんーっ!!!」

するといきなり後頭部を手でがっちり押さえ込まれ、喉奥まで一気に舌をねじ込まれる。

そして、舌をからませられ、吸い上げられ、ぎゅうぎゅうと内臓が出てしまいそうなほど、力一杯抱き締められた。

ようやく解放されたと思ったら、アンセルムは真っ赤な顔をしていた。

「本当か？　本当に？　え？　嘘じゃないのか？　本当なのか？」

これまでの人生で見たことがないほどに、アンセルムが動揺していた。

その姿に、シュゼットは思わず声を上げて笑ってしまった。先ほどまで絶望的な気分だったはずなのに、そんな自分に驚く。

そして、もう一度アンセルムの唇に、自らの唇を重ねた。

「……愛してるわ。アンセルム。本当はあなたのことが、ずっとずっと好きだったの」

シュゼットの言葉に、アンセルムがさらに挙動不審になったのは、言うまでもなく。

帰りの馬車で、行きとは違い、二人は穏やかな時間を過ごした。

寄り添いあって、お互いに、今まで言えなかったことを一つ一つ話す。

相手のどこが好きなのか。いつ恋に落ちたのか。そんな恥ずかしいことを、一つ一つ話す。

「そもそも策ってのは常に失敗したときのことも考えて、いくつも逃げ道を用意しておくものだ。最上策が駄目なら上策、それでも駄目なら下策」

だからむしろ、現状は上々の方なのさ。そう言ってアンセルムは笑った。

「ちなみに最下策はどんなものだったの？」

思わず気になってシュゼットが聞けば、アンセルムは少し恥ずかしそうに教えてくれた。

「全部の策が駄目だったら、王子妃になる前にお前を攫《さら》って、国外に逃亡するつもりだった」

まさか冗談だろうと思ったが、アンセルムはいたって真面目な顔をしていた。

突拍子もない話に聞こえるが、もしそうなっていたのなら、それはそれで案外幸せになれたのかもしれない、とシュゼットは思った。

きっと、アンセルムとならどこででも楽しく生きていける気がする。

当時、シュゼットが受け入れられず、意固地になってしまった原因である『仕方がない』という言葉も、ミシェルとジェラルドに、自分の本当の目的がシュゼットであることを悟られないための表現《パフォーマンス》だったのだと聞いて、本当に意思疎通の大切さをシュゼットは噛み締めた。

「……だが、どんな理由であれ、シュゼットを貶めるような言葉を使うべきではなかったな」

できるならばあの時の自分を殺しに行きたいとアンセルムが言い出したので、あわてて私の好きな人を殺すのはやめてほしいと言ったらまたぎゅうぎゅうに抱きしめられた。そろそろ本当に内臓が出そうだ。呼吸が苦しくて幸せだ。

気がつけば、馬車の外はもう暗くなっていた。

ルヴェリエ城のあかりが見えてきたところで、胸がぎゅっと締め付けられた。

――別れの時は、迫ってきていた。

その時、前に視察にきたことがある孤児院が併設された教会のそばを通り掛かり、シュゼットはふと思いついて御者に馬車を止めるように声をかけた。

「シュゼット。この時間では、子供達はもう寝てしまっていると思うぞ」

アンセルムが困惑げに声をかけてくるが、シュゼットは馬車を降り、彼に向けて手を差し伸べた。

「ねえ、アンセルム。今ここで、戦場に行く前に私と結婚しない？」

悪戯っぽく笑って、シュゼットはアンセルムに求婚をする。アンセルムは目を見開いて、それから困ったように笑った。

神の前で宣誓と結婚証明書への記入をしてしまえば、それは正式な婚姻として認められる。

そしてもし、戦場でアンセルムに何かあった時、シュゼットは寡婦という扱いになってしまう。

アンセルムからそう諭されたが、シュゼットは何もかも受け入れた顔で笑った。

「それでも構わないわ。どうせもともと結婚するつもりはなかったんだもの。アンセルムが結婚をしてくれないのなら、一生独身でいるだけよ」

そうはっきりと言われてしまえば、アンセルムには何も言い返せなかった。

「――――本当に、心が決まってしまうと潔いな、お前は」

そして、眩しそうにシュゼットを見つめた。

教会に入ってみれば、やはり孤児院の子供達はすでに眠っていたが、ありがたいことに神父はまだ起きていて、結婚の宣誓をしたいという二人のお願いを快諾してくれた。

そして月明かりの下、質素な祭壇の前に、手を取り合い、二人で立つ。

婚礼衣装もなければ、ベールもない。

「……お前の婚礼衣装姿を見たかったたな」

少し悔し気に、アンセルムは言った。そう思ってもらえることが嬉しくて、シュゼットは笑う。そんなものはなくとも、今、二人の間には確かな愛がある。それだけで十分幸せだ。

「……そうだわ！」

アンセルムのその寂しげな顔に、かつて恋をした少年の面影を思い出し、シュゼットは持っていた小さな鞄《かばん》の中を探る。

そして取り出したのは、白いレースの手巾だった。

見覚えのあるそれに、アンセルムは驚き目を見開く。

「まだ持っていたのか……」

「もちろん。肌身離さず持っていたわ。……宝物だもの」

懐かしそうに、アンセルムはシュゼットの手から手巾を受け取り広げる。

そして、ふとあることに気が付く。

『シュゼット』と、銀糸で刺された美しいスペル刺繍のその横に。

「俺の、名前……」

拙い、おそらくは幼い子供が刺したのであろう、いびつな刺繍があった。そこに描かれているのは、

『アンセルム』のスペル。

「あのね、嬉しくて……。だから、もらった時に……」

初恋の男の子《アンセルム》の名前を、自分で刺したのだと。そう言ってシュゼットは恥ずかしそうに俯いた。

アンセルムは感極まったようにシュゼットの頭頂部にある愛らしいつむじに口づけを落とし、そっとその手巾を被《かぶ》せる。そしてシュゼットの髪からいくつかピンを抜いて、落ちないように手巾を留める。

「こんな時まで母上に感謝だな。本当はあの時、お前に兵法書か小刀《ナイフ》を贈るつもりだったんだ。それを母上に言ったら烈火のごとく怒られてな」

「ジェニファーおば様に感謝ね。それをもらっていたら、さすがに恋には落ちなかったかも」

二人でひとしきり笑って、夜の教会の中を、神父の待つ祭壇までゆっくりと歩いて行く。

そして祭壇の前までたどり着くと、跪《ひざまず》き、首を垂れた。

人の良さそうな神父が、厳かに神への祈りの言葉を紡ぐ。それを、シュゼットは万感の思いで聞いていた。

ここに来るまで、随分と愚かな遠回りしてしまった。後悔は尽きることがない。――だが、それでも。

今ここで、アンセルムの妻になれることが嬉しい。

神への祈りを終えると、アンセルムはシュゼットの足元に跪き、宣誓をする。

「神の名の下に、私はシュゼット・ルヴェリエに永遠の愛を誓う。――どうか、我が妻に」

そして、シュゼットのドレスの裾に口付ける。

それを受けたシュゼットは、アンセルムの頬を両手で包み、そっと顔を上げさせると、腰をかがめ、その額に口づけを落とした。

「お受けいたします。アンセルム・ノヴィール。妻として、あなたに永遠の愛と貞節を誓いましょう」

アンセルムの手を引き立ち上がらせると、向かい合って、微笑み合う。

そして、両手の指を絡ませ合い、唇と唇を触れ合わせた。

それから、差し出された結婚証明書にそれぞれ署名をし、神父に渡す。

「――これにて、神の前にあなた方は夫婦として認められました。どうぞお幸せに」

微笑みを浮かべた神父の祝福の言葉に、シュゼットの両目から、また涙がこぼれ落ちた。

――彼は明日、戦場に向かう。

怖い。怖くてたまらない。なぜ愛する人を、夫を、戦場などに送らなければならないのか。

震えながら泣くシュゼットを、アンセルムは優しく抱き上げて、馬車に乗せた。

そして、ルヴェリエ城に戻る。すでに明日アンセルムが出征することを、そこにいる皆が知っていた。だからこそ、二人に別れを惜しむ時間を与えてくれたのだ。

二人はそのまま、シュゼットの部屋へと入る。

言葉もなく、互いの服に手をかけて、脱がせていく。

やがて生まれたままの姿になると、薄暗いランプに照らされた互いの体を、じっくりと見つめ合う。

決して忘れないようにと。


「ああ、やっぱり、どれだけ見てもお前は美しいな」

アンセルムが恍惚とした表情で言った。シュゼットは自分を美しいと思ったことはない。

だが、アンセルムがそう言ってくれるのなら、きっと、そうなのだろう。

アンセルムの手が伸びて、シュゼットを抱き寄せる。

シュゼットもまたアンセルムの裸の背中に手を這わせる。

肌を触れ合わせれば、互いの鼓動を感じる。生きている、鼓動。

これが失われることを思い、シュゼットはぶるりと大きく体を震わせた。そんな彼女の恐怖を払拭するように、アンセルムは丹念にその肌を愛撫《あいぶ》する。

「ひっ……！　あっ！　あああっ‼」

あっという間にぐずぐずに溶けてしまったシュゼットの中に、アンセルムが入り込む。

そして、知り尽くしたシュゼットの弱い場所を執拗にえぐる。

「あっ……！　あああーっ！」

絶頂に達した瞬間、シュゼットの目からまた涙がこぼれ落ちた。

「やっあ……っ‼　やだぁぁぁぁっ‼」

涙が止まらない。全身を満たす快楽のせいで、シュゼットの心の箍が外れ、必死に中にとどめていた慟哭《どうこく》が溢れ出した。

「いかないで……！　やっ！　ああ！　いかないで……！　やだぁぁぁ……！」

子供のように泣きじゃくるシュゼットを宥めるように、アンセルムが優しく腰を揺らす。

「アンセルム……。すき……。置いていかないで……」

溢れる頬の涙を、アンセルムはただ何も言わず舌で拭う。

どうにもならないことだと、ちゃんと分かっていた。だが、それでも。

「愛している。シュゼット……」

そして、シュゼットの中を、その存在を主張するようにアンセルムは穿つ。

「あっ！　ああ……！　やっ！」

シュゼットの泣き声が、やがて嬌声へと変わる。アンセルムはただ無心に腰を振った。

「うあっ……！　アンセルム……。　気持ちいいの……」

何もかもを忘れてしまいたくて、シュゼットは必死にアンセルムのくれる快感を追う。

「やあああっ！　あっ！　あ――――っ‼」

やがてまた絶頂に飲み込まれたシュゼットの中で、アンセルムもまたその溜め込んだ熱を解放した。

二人で呼吸を整えながら、何度も口づけを交わす。離れがたくて、繋がったまま。

「……お願い、アンセルム。どうか、どうか生きて帰ってきて……」

アンセルムにしがみつき、シュゼットは子供のように約束をねだった。

いつものように、アンセルムの大きな手が、なだめるようにシュゼットの背を撫でる。

必ず生きて帰れる保証など、どこにもない。どうなるのかなど誰にもわからない。

――――だが、それでも。

「必ず生きて帰る。俺の帰る場所は、ここだけだ」

そんな彼の優しい嘘に甘えて、シュゼットはそっと目をつぶった。

第八章　いつか帰る場所

アンセルムとシュゼットは、これまで同じ寝台でともに朝を迎えたことがなかった。

どれほど体をつなげあっても、夜のうちにそれぞれの部屋に戻ることを、不思議と互いに守っていたのだ。

それは、夫婦ではない自分たちが、無意識のうちに作ったけじめだったのかもしれない。

そんな二人は、夫婦になって、初めてともに朝を迎えた。

「おはようシュゼット。今日も愛してる」

「おはようアンセルム。私もよ」

素肌のまま抱きしめあって、笑顔で挨拶と愛の言葉を交わす。

涙は昨夜のうちに、全て流しきった。だから最後は笑って見送ると決めていた。

支度を終え、城門で騎乗姿の彼に、シュゼットは満面の笑顔を見せる。

「いってらっしゃい！　気をつけて！」

「ああ、できるだけ早く終わらせて、帰ってくるよ」

そしてシュゼットの額に口付けを一つ落とし、アンセルムは王都へと旅立った。

このルヴェリエ辺境伯の領主として、シュゼットは、涙は見せず、凛と背筋を伸ばして彼を笑顔で見送った。

表情を、感情を制御《コントロール》するのは得意なのだ。子供の頃からずっと。

それがこんなにも役に立つなんて、とシュゼットは嗤う。

（子供ができていたらいいのに）

アンセルムの背中を見つめながら、シュゼットは下腹部を撫でて願う。どうか、せめて彼の縁《よすが》がこの体に残ったら。

だが、そんな願いも虚《むな》しく、その数日後、いつものように月の穢《けが》れはきてしまった。

夫がいないさみしさを紛らすために、子供を望んだ自分を恥じた。

きっと、まだ時期ではないということなのだろう。

そして、アンセルムが王都へと向かい、一ヶ月が経過した。

戦況は、国境を間に膠着《こうちゃく》状態が続いているという。戦地から遠いこのルヴェリエ辺境伯領にも、戦争の影響が出始めていた。

目に見えて食糧の流通量が減った。ルヴェリエ辺境伯領は農業が中心産業だ。

故に食糧の自給率はそれなりに高いが、海に面していない分、塩などが不足した。

次から次に問題は起き、領主としてやるべきことは尽きることはない。その上アンセルムがいないため、なんでも一人で対応しなければならなかった。

今まで自分がどれほどアンセルムに助けられていたのかを思い知る。

だが、それでも女の身でなんとか領主としての仕事を遂行できるのは、これまでにアンセルムとともに作った、数多の実績があるからだ。

側にいることはできなくても、彼が残してくれたものがシュゼットを助けてくれた。

一週間前にアンセルムから来た手紙によれば、彼はまだ王都にいて、後方支援の仕事をしているらしい。だが、おそらくは近いうちに、前線に出ることになるだろうと記されていた。

それを読んだ瞬間、シュゼットは不安で胸が押し潰れそうな感覚に襲われた。

手紙の末尾にあった、少し右上がりの字で書かれた『愛している』の文字を何度も指で辿り、必死に自分を立て直す。

日々、潰れそうになりながらも、シュゼットは淡々と領主の仕事をこなしていた。

そんなある日、仕事の合間の休憩中に、ロザリーとアンセルムの話題になった。

そこであの婚約解消騒動が、実は全てアンセルムの手によるものだったという話を暴露したら、ロザリーが呆《あき》れ果《は》てた顔をした。

「いやぁ、まあ、何か裏で色々とやっていらっしゃるんだろうなとは思っておりましたが。なんというえげつなさでしょうね。さすがの私もびっくりです」

「え？　そうなの？」

「むしろなぜこんなにも人間に聡いシュゼット様が、あの腹黒男……失礼しました、アンセルム様をまるで良い人のように言うのか、私、ずっと分からなくて」

「え？　そうなの……？」

「……シュゼット様。今度ぜひ機会があったら、兵学校で講義に使用されている最新の戦術書をご覧になってみるといいですよ。そこに、すでにいくつかの実戦例で、アンセルム様の名前が載っております」

「え？　そ、そうなの……？」

ロザリーはにっこり笑った。

そう。普通の人間に、たったの三年でこの辺境伯軍を立て直すことなどできるわけがないのだ。

「――――正直、その内容のえげつなさに引きますすよ」


「いやぁ、お前の立てる作戦は相変わらずえげつないな」

将軍がゲラゲラと笑いながら、アンセルムの頭を小突く。

「何か問題でも？　実際に戦果を挙げているのだからいいでしょう」

無表情でその手を叩き落し、冷たく言い捨てるアンセルムに、将軍は肩を竦めて見せた。相変わらず慇懃無礼《いんぎんぶれい》な部下である。

「所詮戦争など人殺しです。倫理だのを説いたところで、結局は一人でも多く敵兵を殺した方が勝ちですからね」

その青い目は冴え冴え《さざ》として、人の温かみをまるで感じさせない。

将軍からすれば、息子のような年齢のこの青年は、まごうかたなき天才だ。

おそらくは軍神に愛されているのだろう。――――そう、かなりえげつない感じの。

まるで兵を盤上遊戯の駒のように扱い、淡々と人殺しの命令を出していく。

下手に情などを介在させれば、逆に被害が大きくなることを、この青年は知っているのだ。

だが、この若さでその域に到達していることを、将軍は素直に恐ろしいと思う。

「長期戦にするわけにはいきません。長引けば長引くほどありとあらゆる被害が増える。どんな手を使っても、短い期間で勝利し、少しでも早くこの戦争を終わらせることが最上策です」

セラフィーヌ王国とシェイエ王国の兵数は拮抗している。故にこの戦争の泥沼化は避けられないと将軍は考えていた。

だがこの若き戦略家は、まだ諦めていないらしい。

「そうだな。この調子でいけばなんとかなるかもしれん」

実際戦況は、かなり自軍に有利に進んでいた。

「本当に、大した男だよ。お前は」

将軍がアンセルムの背中をバシバシと叩く。アンセルムは迷惑そうに眉をひそめた。

アンセルムは軍に在籍していた折、上層部に軍の機動力を上げることを強く進言していた。

そして兵器にも精通している彼は、幾つもの武器を考案、設計していた。先だって国軍に実装された移動式大砲もまた、彼の提言に沿った形で製造されたものであり、現在前線において目覚ましい戦果を挙げている。

「できるならばこのまま一気に駆逐して、国境から追い払いたいですね」

「まあ焦るな。ことは慎重に進めねばならん」

「はあ。とっととこの戦争を終わらせて、家に帰りたいんですよ。俺は」

思わず、と言った様子でアンセルムは苦々しく吐き出す。

氷の軍師が突然見せた人間臭さに、将軍は目を見開く。

この冷淡な男に、望郷の心なんてものがあるとは。

「結婚したばかりなんです。妻を領地においてきているんです。あぁ畜生。早く帰りたい」

アンセルムの顔は相変わらず無表情のままだ。だがどこかイラついたその雰囲気に、思わず将軍は声を上げて笑ってしまった。

正直化け物だと思っていたが、どうやら彼もまた人間であったらしい。しかも結婚したばかりの妻に随分と入れ込んでいるようだ。

「なんだ。お前、嫁さんがいたのか。どんな女なんだ」

「それ、仕事になにか関係ありますか？　ちなみに最高の女ですよ。畜生。ああ、本当になんで俺はこんなところにいるんだ」

こんなにも長くシュゼットと離れたことが久しぶりで、アンセルムはひどく妻に飢えていた。

早く帰りたい。そしてあの柔らかく温かな体を抱いて眠りたい。

そんな青年の言葉に将軍は腹を抱えて笑ってしまった。確かにそれは大変だ。ならば早くこの戦争を終わらせねばなるまい。

「では少しでも早く終わらせるため、頑張らねばならんな」

自分たちがここで戦うことが、背後にいる家族を守ることになるのだから。

そんな将軍の言葉に、アンセルムは同意する。

将軍の言う通り、自分の背後には、妻がいる。故に何としてもここでシェイエ軍を食い止めねばならない。自分たちが負ければ、いずれシュゼットのいる場所まで戦火が及ぶだろう。

それだけは、どうしても耐えられない。シュゼットには安全な場所で、幸せに笑っていてもらわねば困る。そのためなら、自分はどれほど血に汚れても構わない。

妻は、アンセルムのことを優しいなどと言うが、正直なところ自分は、幼い頃、息子を恐れた母の懸念の方が正しかったと思っている。

かつて戦場に身を置いた時、アンセルムはまるで遊戯のように、戦局を動かしていた。

やはり母が危惧したように、自分は化け物なのだろう。こうして人を駒のように操り、敵兵を何人殺しても、まるで心が動かない。

それどころか思い通りに戦局が進むことに、高揚感すらあった。

今でもこの戦場を、どこか楽しんでいる自分がいる。

だが、それでも。戦場《ここ》は自分の居場所ではない。

『――――どうか、無事で帰ってきて』

シュゼットの泣きそうな顔と、アンセルムの無事を祈る声が蘇る。

そう、自分の居場所は、血と硝煙の臭いに満ちた戦場などではなく、妻の側だ。

柔らかくいい匂いに満ちた、暖かい場所。

だからこそ、とっととこの戦争を終えて、愛する妻の元に、一刻でも早く帰るのだ。

アンセルムを化け物から人間に戻すのは、いつだってシュゼットだけなのだから。

「……それにしても、引っかかるんですよね」

「……何がだ？」

前線からの報告書に目を通しながら、アンセルムが軽く眉をひそめる。

「俺が想定していたよりも、国境に配置されているシェイエ王国軍の兵数が足りないんです。数万ほど」

その情報に、将軍も眉根を寄せる。

「それは、本隊とは別に、別働隊があるということか？」

「おそらくは。でも一体どこに……」

将軍とアンセルムが卓の上に広げられた地図を睨み、今後の敵軍の進路について討論していると、突然司令室の扉がけたたましくノックされた。

すぐに入室を許可すると、慌てた様子の伝令兵が飛び込んできた。

「将軍閣下に申し上げます……！」

「なんだ！　何があった！」

緊迫した様子に、その場にいた全員に緊張が走る。そしてその伝令兵は、アンセルムが想定していた上で、最も恐れていた、最悪の事態を告げた。

「ルヴェリエ辺境伯領にある国境から、シェイエ王国軍の別働隊が侵攻してきたとのことです！　現在ルヴェリエ辺境伯軍が応戦中とのこと！」

そして、思わず祈りの言葉のように、妻の名を口からこぼした。

「シュゼット……？」

こんなことは生まれて初めてだった。頭が真っ白で、何も考えられない。

それを聞いたアンセルムは、足元が崩れ落ちるような感覚に襲われた。

まさかの事態に、将軍が立ち上がり怒鳴る。

「なんだと……！」


異常を察した哨戒兵から呼び出されて向かった城の屋上。そこから見えた風景に、シュゼットは目を見開き、言葉を失った。

「嘘……でしょう？」

呆然と呟く。かつてアンセルムとともに視察に行った高台の監視塔。そこから、狼煙《のろし》が上がっていた。――それはつまり、この国境が他国軍に侵犯されているということで。

「どうしたら……、どうしたらいいの……」

まさかの事態に、歯の根が噛《か》み合《あ》わず、ガチガチと不快な音を立てる。

一体敵兵はどれほどの数なのか。辺境伯軍で応戦できるのか。もし駄目ならば援軍を――。

そこまで考えて、すべきことを思い出す。

「そうよ、まずは王都にこのことを報告をしなくては……！」

我に返ったシュゼットは、王都に向かい伝令を飛ばす。そして、辺境伯軍の詰所へと走った。

そこからはもう、ただ必死だった。

狼煙が上がったことで、国境を越えようとする敵軍を早い段階で捕捉できたことは、辺境伯軍にとって非常に有利に働いた。

さらに、アンセルムに緊急時の対応を指南されていた、シュゼットの判断と行動は早かった。

これ以上の敵軍の侵攻を食い止めるため、早急に国境へ向かう軍を編成した。

そして隣接するノヴィール伯爵家に物資の補給と増援を求めた。今はどこも物資不足だ。渋られる可能性もある。

「このルヴェリエ辺境伯領が落ちれば、次に軍靴に踏みにじられるのはノヴィール伯爵領よ。それが嫌ならつべこべ言わず、至急無償で物資と兵を寄越せと伯爵に伝えなさい！」

「はっ！」

シュゼットの強い言葉に伝令が深く頭を下げ、執務室から出て行く。

「――――守るわ」

だって、アンセルムと約束したのだ。彼が帰ってくるまで自分がこの地を守ると。

シュゼットはドレスの上からアンセルムが着ていた辺境伯軍将校の軍服を羽織り、燃えるような赤い髪をたなびかせながら、国境へと向かう兵士たちの前に立つ。

この国境を死守するのだ。背後にある国軍の本隊には、アンセルムがいる。

『――――どうせ戦場に行くのなら、愛する者のためがいい』

かつてアンセルムが言った言葉を思い出す。きっと、この場にいる兵士たち皆がそうだ。愛する人や家族のため、ここに立っている。

――そして、シュゼットもまた。

初めての実戦を前に、恐慌状態に陥っている兵士たちの前に、シュゼットは姿を見せる。

シュゼットは自ら良く軍の視察をしていた。よって、兵士の誰もが辺境伯代理である彼女の顔を覚えていた。

そして腹に力を入れると、大きな声で号令をかける。

「我がルヴェリエ辺境伯領の勇敢な兵士たちよ……！」

兵士たちの目が、一斉にシュゼットに向く。彼らの視線に、恐怖でドレスの下の足が震えるのを、必死にこらえた。

今、シュゼットのそばにアンセルムはいない。

――だから、自分でなんとかしなければならないのだ。

羽織っているアンセルムの軍服の、随分と長さの余る袖を、心を落ち着かせるようにぎゅっと握りしめる。

そしてシュゼットは兵士たちの怯えを払拭しようと、艶やかな微笑みを作ってみせた。

その美しい微笑みに、兵士たちが呆気にとられる。

感情や表情を制御するのは得意だ。それを武器にして、ここまで来た。

その時、強い風が吹き、シュゼットの赤い髪が、炎のように舞い踊った。

それは、まるで、戦場で焚《た》かれるかがり火のように、兵士たちの士気を鼓舞する

「――――先ずは領民の避難を最優先に」

軍に指示を与えるシュゼットの声が、響き渡った。

かつて、アンセルムに教えられたことを、シュゼットは一つ一つ思い出し、兵士たちに指示を出していく。

「領民の避難が終わったら、リール川にある橋を全て落としなさい」

兵士たちの間でざわめきが起きた。あの橋は周辺住民にとって、必要不可欠なものだ。

一部抗議の声も聞こえた。だがシュゼットは、声を張り上げて、再度命令をする。

「数ではどうしたって勝てないのです。我らにできるのは、王都から援軍が来るまでの時間稼ぎにすぎません。一番重要なのは敵軍の足止めです。橋ならまた架ければいい！　やりなさい……！」

兵士たちが静まり返る。この小さな領主の気迫に、誰もが呑まれていた。

「出立《しゅったつ》――――ッ！」

シュゼットの号令に、アンセルムが育てた兵士たちが、一斉に国境へと向かって進軍していく。

彼らのその後ろ姿に、シュゼットは気合を入れる。

（なんとか被害を最小限にしなくちゃ……！）

やることはまだ、山のようにある。

この地を守るため、シュゼットはひたすら頭を回転させ、城の中を走り回った。

一方、王都にある国軍の司令部内では、すでにルヴェリエ辺境伯領は落ち、侵略されたものと認識されていた。

アンセルム自身も、ルヴェリエ辺境伯領が無事であるとは考えていなかった。

ルヴェリエ辺境伯領の国境が他国に狙われる可能性については、戦争が始まる前からすでにアンセルムの頭の中にあった。故に彼は、その防御壁とすべく、最優先で辺境伯軍の軍強を行なっていたのだから。

だがシェイエ王国軍の別働隊の規模を見るに、とてもではないが、現在、将《アンセルム》不在の辺境伯軍で食い止められるとは考え難い。

このままでは、ルヴェリエ辺境伯領を抜けたシェイエ王国軍別働隊によって、国軍本軍を後方から攻められることになる。

それを出来るだけ手前で食い止めるため、急遽新たに軍が編成され、ルヴェリエ辺境伯領方面へと出立することになっていた。そしてアンセルムは将軍に頼み込み、その軍の指揮官となった。

「絶対に嫁さんを助けてこいよ。ついでにこの国も救ってこい」

そこに彼の妻がいることを知る将軍は、そう言ってその役目を負わせてくれた。

これまで感じたことのないほどの焦りの中、必死に出立の準備をする。

(どうか、どうか無事でいてくれ……！)

血の滲むような思いで、妻の無事を祈る。なぜこんな時に、自分は彼女の側にいられなかったのか。

シュゼットは、ちゃんと逃げたのだろうか。そして生きているのだろうか。

また無謀な責任感などを発揮して、城に踏みとどまったりしてはいないだろうか。

絶望の中、血を吐きそうな思いで、アンセルムは机に広げられた地図を見る。その地図にはすでにルヴェリエ辺境伯領に赤いバツがつけられていた。

（くそっ……！）

憤りのあまり思わず握りしめた手のひらに、爪が食い込み、血が滲んだ。――その時。

「ルヴェリエ辺境伯領より、新たな伝令が参りました！」

司令室に新たな伝令兵が飛び込んでくる。そこにいる誰もが勢いよく立ち上がった。

「なんだ！　戦況はどうなっている！」

将軍の厳しい声が飛ぶ。すると伝令兵は跪き、顔を上げ、誰もが想定していなかった、驚くべき報告を上げた。

「報告いたします！　ルヴェリエ辺境伯軍。今もなお侵攻してきたシェイエ王国軍の別働隊を食い止めているとのこと！　そしてルヴェリエ城は未だ健在と……！」

その瞬間、司令部に歓声が上がる。そしてアンセルムの青い目に一気に生気が蘇った。

急ぎルヴェリエ辺境伯領へと出立するため、アンセルムが司令室を辞し、兵士たちの元へと向かう途中、縋るような声に呼び止められた。

「アンセルム……！」

それはかつての婚約者であり、今は義姉となった、セラフィーヌ王国第二王子妃、ミシェルだった。

本来なら軍部などにいるはずもない、高貴な女性。

少し離れた背後には、ミシェルをここへ連れてきたのであろう、彼女の夫がいる。

彼にも妻の願いを叶えるような甲斐性《かいしょう》ができたのか、などと何の感慨もなく思う。

眠れていないのか、目を真っ赤にして、ミシェルがアンセルムの元へ駆け寄った。

「お願い！　アンセルム！　ルヴェリエ辺境伯領を……、妹《シュゼット》を、助けて……！」

涙ながらのミシェルの懇願に、アンセルムは小さく頷く。

きっと、自分には何もできないことを知りながら、それでも居ても立ってもいられなかったのだろう。

「――――ああ、必ず」

アンセルムは短く約束すると、愛する妻の待つ戦場へ向かうべく、その場を後にする。

背後から、ただひたすらに妹の無事を祈る、姉の抑えた嗚咽が聞こえた。


ルヴェリエ辺境伯軍は当初の予想を大きく裏切り、善戦した。

だが、それでもやはり多勢に無勢である。じわりじわりと戦線は後退していき、シュゼットのいるルヴェリエ城へと近づいていた。

非戦闘員はすべてノヴィール伯爵領の方向へと逃した。

だが、シュゼット自身はこの地を離れるつもりはなかった。最後の一人になるまで、この地を守るつもりだった。

「どうか、あなたはお逃げください」

シュゼットが女性であることで、何人もの臣下にそう促されたが、シュゼットは頷くことなく、頑としてその場を動かなかった。

「私は女である前に、ここの最高責任者よ。自分の領民を戦場に送りながら、自分だけが逃げるなんて真似、できるわけがないでしょう」

自分はここの領主である。そこに性別など介在しない。

領主であるのなら、領民を、領地を捨てて、一人逃げることなど許されるわけがない。

そんなことをすれば、前線にいる兵士の士気が下がることがわかりきっている。

シュゼットはこのルヴェリエ辺境伯領を、自分そのもののように感じるようになっていた。

アンセルムとともに、必死に育て上げた自分の魂。捨てることなど、できない。

「……本当に逃げないおつもりですか？」

ロザリーが呆れたように聞く。どんどん戦火が近づいているというのに、いつもと変わらない彼女に、シュゼットは笑った。

「ええ。ここに残るわ。でも、あなたは逃げなさいね」

「あなたがここにいても、何の役にも立ちやしませんよ」

「そうね、でも私はこの地の領主だから」

シュゼットは笑った。それは完全に、自らの死を受け入れた者の顔だった。

ロザリーはひどく苛立つ。そんな顔をさせるために、ここで共に戦ってきたわけではない。

「本物の領主様は王都でのんびりお過ごしですよ。あなたはただの代行でしょう」

「でも私の命令で、兵士たちは戦場に赴き、命をかけて戦っているのよ。私だけ逃げるなんてできないわ」

それを聞いたロザリーが舌打ちをした。シュゼットは「お行儀が悪いわよ」とそんな彼女を揶揄《からか》う。

「……本当にシュゼット様のそういうクソ真面目なところ、大嫌いですよ。思い込んだら梃子《てこ》でも動かない」

ロザリーが肩を竦めて、呆れたように、諦めたように、大きく息を吐き出す。

「すみませんが、私は逃げます。さすがにまだ死にたくないんで」

「ええ。もちろんよ。早く逃げてちょうだい」

「……一緒に死んでくれ、とは言ってくださらないんですか？」

全く素直ではない親友《ロザリー》に、シュゼットはまた笑った。

「あなたがここに残っても、なんの役にも立たないわ。ねえ、ロザリー。あなたは逃げて。そして生き延びてちょうだい」

自分が吐いたものと同じ言葉を返され、ロザリーは唇を噛み締めた。言外に無駄死にだと言われれば、何も言い返せない。

そして、これは逆らうことを許さない、シュゼットの、主人としての命令だった。ロザリーはまた舌打ちをする。

「……それじゃ、最期になにか言い残したいことでもありますか？」

苦々しく聞けば、シュゼットは微笑む。それは、透き通るように美しい笑顔だった。

「それではアンセルムに。……もし、彼が生きて、この城に戻ってきたら」

愛する夫の姿を思い描き、愛おしげに目を細める。

「ごめんなさいと。————愛していると。そう伝えて」

するとそれを聞いたロザリーは、心底嫌そうに唇を尖らせた。

「……私、愛しているなんてこっ恥ずかしい言葉を言いたくないです。なんで、できるだけ生き残ってご自身で伝えてくださいね」

今日もロザリーの毒舌は切れが良い。確かにあんなにも伝えることを恥ずかしがった言葉を、他人に言わせるなんて最低かもしれない。

こんな状況なのに、シュゼットはクスクスと声を上げて笑ってしまった。

「ええ、もちろん。最後の最後まで足掻《あが》いてみせるわ」

そんな親友の笑顔を見て、ロザリーは唇を噛み締めると、振り切るように踵を返し、城の外へと向かって走っていった。

そして厩舎へ行き、馬に荷物を載せ自らも騎乗すると、一緒に逃げると言ってくれることを期待して作ったシュゼット分の荷物を見つめる。

願いは届かず、荷物は無駄になってしまった。

ああ、せめて一緒に死ぬことを許してくれたら——。

「畜生！　畜生！　畜生……！」

シュゼットに聞かれれば叱られるであろう口汚い言葉で毒づきながら、ロザリーは馬を走らせる。

もともと彼女は貴族とは到底言えない家の出だ。貴人の侍女兼秘書という仕事上、普段は上品な口調を心がけているものの、ふとした瞬間にこうして言葉が悪くなってしまう。だが、シュゼットの側にいない今、どうでもいい。

『――あなたは逃げて。そして生き延びて』

敬愛する主人であり、無二の親友であるシュゼットはそう言って笑った。

だから、自分は生き延びねばならない。主人の最後の命令には従わねばならない。

ロザリーは必死で馬を走らせる。ルヴェリエ辺境伯領から少しでも遠くへ向かって。

なぜ誰もあの優しい子を助けない。なぜいつも彼女ばかりが苦難の道を選ばされる。

ようやく、親友《シュゼット》が幸せになると、そう思っていたのに。

(――ああ、本当に。この世界はくそったれだ)

両目から次から次に涙がこぼれた。涙を流すなど、物心付いてから初めてかもしれない。

きっとシュゼットが見たら、驚くに違いない。

滲む視界に舌打ちをして、服の袖でグイッと涙を拭き、顔を上げた。その時。

前方からわずかに土煙が見えた。そして、そのはるか後方に続く、長い隊列も。

「あ……ああ、あ……」

言葉にならない声が、口からこぼれ落ちる。そして、自分が逃げ出してきた場所を見つめた。

そこは、すでに遠く離れすぎていて、どれほど目を凝らしても、もうなにも見えない。

馬を止め、滑り降りる。ああ、まだ、間に合うだろうか。

どうか、どうか、あの子を助けて。神様。

「遅いんだよぉぉっ‼　早く行けぇぇぇっ……！」

ロザリーは隊列に向けて泣き叫ぶと、祈るようにその場に崩れ落ちた。


（――――アンセルム。ごめんなさい）

心の中でシュゼットは詫びた。遠い地にいるであろう、夫へと。

もう、城から肉眼で確認できるほど、敵軍が近づいていた。時折、城に銃弾が打ち込まれる。

――――どうやら自分は、ここまでのようだ。

このまま城に攻め込まれ、敵軍に捕らえられ辱めを受けるまえにと、シュゼットは執務机の引き出しを開け、自決するための短剣を取り出し握りしめる。

すると、ドンっという大きな破裂音が響き渡った。その衝撃でわずかに城が揺れる。

とうとう敵軍がここまできたのかと、シュゼットがいよいよ覚悟を決めた、その時。

執務室に哨戒兵が、ノックもなく飛び込んできた。

「ご報告いたします……！」

何事かと振り向いた、兵の顔には歓喜の色。そして彼は、希望に溢れた大きな声で続けた。

「後方より援軍が見えます……！　援軍です！　シュゼット様……‼」

その報告を聞いた瞬間。シュゼットは立ち上がり、執務室を飛び出した。そして、かつて狼煙を見つめ震えた屋上へと走る。

「撃《て》――――ッ！」

援軍を率いる指揮官の号令に、移動式大砲と、兵士たちの構えた銃が一斉に火を噴いた。

きっちりと統制された援軍は、敵軍を一気に駆逐していく。

戦線が、ルヴェリエ城から離れどんどん後方へと押し返されていくのが見えた

この援軍により、戦況は一気にルヴェリエ辺境伯軍側の優勢へと傾いたようだ。

その様子を城の屋上からぼうっと眺めながら、シュゼットの両目から、どっと涙が溢れ出す。

――援軍の中心に立つ指揮官。その姿に見覚えがある。

「あ……あ、あ」

シュゼットの口から、意味のなさない声が漏れる。もう、二度と生きては会えないと、そう思っていた。安堵のあまりシュゼットの足が萎え、その場に頽《くずお》れてしまう。

あまりの猛攻に、戦意をくじかれた敵軍が撤退をしていく。

勝敗は一気に決した。戦場に、鬨《とき》の声《こえ》が上がる。

シュゼットはそのまましばらく呆然としていた。

――ルヴェリエ辺境伯領は、無事、守られた。

だが、その傷跡は浅くはない。やらねばならないことが山のようにある。

それなのに、足が萎えて動かない。立ち上がることが、できない。

ただ涙をこぼしながら、座り込んでいると、突然視界が陰った。

一体なんだろうと、その目の前の陽の光を遮る、大きな何かを見上げた。――そこには。

「シュゼット。……ただいま」

二度と聞くことはないと思った、その声。

そしてもう一度見たいと願った大好きな顔が、甘く解けた。

「アン……セルム……？」

枯れたと思った涙がまた溢れ出す。

「よく頑張ったな。もう大丈夫だ」

たくましい腕が伸ばされ、シュゼットの体をそっと抱き上げる。

城の屋上、強い風を受けて舞い踊る彼女の赤い髪が陽光に反射し、まるで勝利を祝う篝火《かがりび》のように見えた。そして、それを見た兵士たちから、大きな歓声が上がった。

アンセルムの大きな手が、なだめるようにシュゼットの背中を優しく叩く。

その暖かさに促されて、ずっと隠し、堪えてきた弱い心がボロボロとこぼれだす。

普段の彼女からは考えられない、子供のような幼《いとけな》い言葉で。

「……怖かったの」

「……ああ、怖かったな」

「……でも、頑張らなきゃって」

「……ああ、よく頑張ったな」

「……もう、死ぬかと思ったの」

「……ああ、お前が生きていてくれて、本当に良かった」

アンセルムの眦からも、一つ涙がこぼれ落ちた。

初めて見る彼の涙に、不思議そうに首を傾げ、伸ばした指先で触れる。雫《しずく》が指を伝い、その感触に驚いたように目を見開く。そしてシュゼットは強く強くアンセルムにしがみつくと。

「あ、あああ。ああああああーっ‼」

周囲を気にすることなく、子供のように大きな嗚咽をあげて泣いた。


――――その後、アンセルムが率いたセラフィーヌ王国軍別働隊は、ルヴェリエ辺境伯領内にいるシェイエ軍を壊滅させると、シェイエ軍に脅され国内を進軍させたラフォン王国を脅し返し、同国内を進軍、ラフォン王国側からシェイエ国内に入り、シェイエ国軍本隊の横腹から攻撃を仕掛けた。

それにより、シェイエ王国軍は崩壊。戦況を立て直すことができず、国境からの撤退を余儀なくされた。

そしてこれ以上深追いをすれば、国自体が滅びかねないと判断したのだろう。シェイエ王国は、敗戦を受け入れた。

こうして、多くの犠牲を出しながらも、戦争は終わった。

アンセルムからルヴェリエ辺境伯領に帰るという連絡がきたのは、結局戦争が終わってから、三ヶ月以上が経過した頃だった。

会えないことを寂しいと思いつつも、ルヴェリエ辺境伯領は戦争の傷痕が深く、シュゼットもまた領主代行として寝る間を惜しんで働いていたため、あっという間という感覚だった。

破壊された町の修復、戦死兵の家族や傷病兵への保証、その他諸々。

するべきことは山のようにあり、戦時中と同じように、シュゼットは領地中を走り回ることになった。毎日気がついたら日が暮れているという有様である。

時折アンセルムから手紙が届いた。彼もまた王都でこき使われているようで、文面から疲れと憤りと帰りたい気持ちがにじみ出ている。自分のことを棚に上げて心配してしまう。

そして、文末にはいつものように、右上がりのいびつな字で『愛している』の文字があって。

それだけで満たされて日々の疲れが軽減される気がするので、恋の力とは偉大である。

姉からも度々手紙が届いた。こちらはまた最大枚数を更新しているような有様で、さすがに読む時間がなく、申し訳ないと思いつつ、一度無事である旨の返事を出した後は、積み上げてしまっている。

そろそろ積み上げられた手紙が塔の様相を呈しており、圧迫感が凄い。

「本当にシュゼット様は、仕事中毒でいらっしゃる」

疲れて執務室で椅子の背もたれにぐったり寄りかかりながらも、復興計画の見積書に目を通していると、呆れたように、いたわるようにロザリーが笑った。

あの日、王都からの援軍によりルヴェリエ辺境伯領が危機を脱してすぐ、ロザリーは城に戻ってきた。

結局彼女がシュゼットのそばを離れたのは、ほんの数時間だけのことであった。

今生の別れと思いあんな愁嘆場を演じたというのに、実にあっけない幕切れだった。

そしてロザリーはシュゼットにひっついたまま離れようとしないアンセルムを容赦なく引《ひ》き剥《は》がすと、シェイエ王国軍の追撃へと叩《たた》き出《だ》し、自らがシュゼットにひっついて離れなくなった。

シュゼットをぐいぐい抱きしめてぼたぼたと涙をこぼす彼女に、辛く怖い思いをさせてしまったと申し訳なく思い、そこまで大切に思ってもらえていたことが嬉しく、シュゼットの目からもまた涙があふれ出た。

そしてもちろんロザリーの涙という超貴重場面《シーン》は心の中に焼き付けさせていただいた。

時折自分を卑下してしまいそうな時に、思い出してはにやにやと笑っている。

ロザリーとしては誠に遺憾であるらしいが、やはりそんな親友が大好きである。

「ほどほどになさってくださいね。もうすぐアンセルム様が戻られるのに、そんな疲れた様子では心配されますよ」

そう言って、ロザリーは薔薇の香りがする紅茶を淹《い》れてくれた。

戦後、国全体で物資が不足する中、ノヴィール伯爵夫人ジェニファーが贈ってくれた一級品の紅茶だ。

式は挙げていないものの、アンセルムと婚姻を結んだことを知った彼女は大喜びしてくれた。

今では義理の娘として非常に可愛がってくれ、こうして細やかに気を配ってくれる。

先日などは、突然大量の支援物資と共にやってきて、

「馬鹿息子《アンセルム》が戻ってきたら、きちんとお式を挙げましょうね。婚礼衣装は私に任せてちょうだい！」

などと言い出し、連れてきたお針子たちにシュゼットの採寸をさせて、意気揚々と帰っていった。

実親から愛情を受けられなかった分、彼女のそんなお節介がとても嬉しくて、心に響く。

忙しいながらも、なんだかんだと人に支えられていることに、シュゼットは毎日幸せを噛み締めている。


そして、季節が変わり、これからシェイエ王国との戦後交渉に入るという時に、ようやくアンセルムがルヴェリエ辺境伯領に帰ってきた。

やはり、将軍はおろか国王にまで国軍に残るよう慰留されたようだが、駄々をこねて帰ってきたらしい。本当に大丈夫なのだろうか。

だが、ようやく帰ってきたアンセルムを見て、シュゼットは言葉をなくした。

「おかえりなさい。アンセルム……！　――って、あなた、大丈夫？」

ロザリーから疲れた様子を指摘されていたシュゼットだったが、そんな彼女とも比べ物にならないほどに、アンセルムは窶《やつ》れていた。

目の下にはべっとりと貼り付いた酷い隈《くま》があり、頬はこけ、筋肉も落ちてしまったのか、全体的に一回り小さくなってしまったような気さえする。

だが、シュゼットを見つめるその目だけは異常なまでに爛々と輝いており、何やら身の危険を感じたシュゼットは、自らに伸ばされた彼の手に、思わず後退《あとずさ》りしてしまいそうになった。

「ただいまシュゼット。長く留守にしてすまなかったな。……大変だったろう」

なんとか踏みとどまって、彼の抱擁を受ける。懐かしい掌が、そっとシュゼットの背中を優しく撫でた。こうしてみるといつもの彼だ。シュゼットはほうっと安堵の息を吐く。

それからそっとアンセルムの顔を見上げる。疲労の色が濃い。顔色も悪い。間違いなくアンセルムの方が大変だっただろう。そしてやはり目が爛々としていてちょっと怖い。

「大体、戦争は終わったのだから俺の役目も終わった、だから帰ると言ってるのに、奴ら次から次に雑用を押し付けて引き止めやがって戦後交渉なんぞ知るか自分で考えろ馬鹿どもが」

アンセルムの口から怒濤《どとう》のように呪詛《じゅそ》の言葉が漏れる。そして馬鹿ども呼ばわりしているのはもしやこの国の王や将軍のことであろうか。不敬にもほどがあるのだが大丈夫だろうか。

「ああ、シュゼットだ。妄想じゃなくて本物だ。柔らかい。いい匂いがする」

そしてシュゼットの髪に顔を埋め、もの凄い勢いで匂いを嗅いでいる。率直に言ってやめてほしい。やはり王都でもシュゼットを仮想敵国にして模擬訓練でもしていたのか。

「ああ、シュゼット。こんなに痩せてしまって……。長い間一人にしてすまなかった」

アンセルムが苦渋の顔をして、シュゼットに詫びる。だがそんなことをいうアンセルムの方が明らかに痩せてしまっている。

「そんなこと言わないで。大丈夫よ。毎日忙しくて、気がついたらこんなに時間が経っていたって感じなの。正直、あまり寂しいと思う暇もなくて……」

ニコニコ笑いながら、労わるようにシュゼットは言った。

アンセルムが気に病まないよう、彼がいない間もちゃんと元気に頑張っていたという主張《アピール》のつもりだった。――――のだが。

「…………ほう。シュゼットは俺がいなくても寂しくなかった、と？」

「…………あら？」

何故かアンセルムの周囲の温度が急激に下がった気がする。いつも通り人相の悪い無表情に、さらに威圧感が増したのはなぜか。普段より多め眉間に寄せられた皺のせいか。

アンセルムが気に病まぬようにと選んだはずの言葉だったが、どうやら自分は彼の逆鱗に触れてしまったようだ。

後ろに控えているロザリーを振り返れば、彼女は「あーあ」と言わんばかりの呆れた顔をしていた。

何故だ。一体何が悪かったのか。

シュゼットの人に気を使う性格が、裏目に出た瞬間だった。

「そうか。シュゼットは俺のことを、思い出しもしなかったのか」

「ちょ、ちょっと待ってアンセルム。落ち着いてちょうだい。そんなわけがないでしょう？」

「俺は寂しくて寂しくて毎日死にそうになっていたのになあ」

「え？　そうなの？　大丈夫？」

「それじゃあすぐでも思い出してもらわねばならないなぁ。――――体で」

耳に色の含んだ声で流し込まれた言葉に、シュゼットの全身がぶわっと粟立った。

そしてアンセルムはシュゼットを抱き上げると、一直線に寝室に向かって歩き出した。

ロザリーがいつもの生ぬるい笑みを浮かべて手を振っている。友よ、助けてほしい、切実に。

シュゼットの部屋に入ると、アンセルムは嬉々《きき》として寝台にシュゼットを押し倒した。

そして、唇が落ちてくる。柔らかい、触れるだけの口づけ。何度も角度を変えては繰り返されるそれにうっとりしながらも、やはり間近で見るアンセルムの目の下のひどい隈が気になって仕方がない。

やがてアンセルムの手が、シュゼットのドレスを着々と脱がしていく。

夫婦なのだから、それはまあいい。いいのだが、そんなことよりも。

「アンセルム。疲れているのでしょう。目の下の隈がひどいわ。もう少し休んでからでも――」

見ていて痛々しく、シュゼットが心配して提案すると、アンセルムが笑った。満面の笑みで。つくづく表情が豊かになったものである。――だが、やはりそんなことよりも。

「なんだ、知らないのか？　シュゼット。疲れている時の方が、男は本領を発揮するんだぞ」

「ええ⁇　そうなの……⁉」

「生命の危機に本能が子孫を残そうとするからな。つまり子作りには最高の機会《タイミング》だぞ。喜べ」

確かにグリグリと押し付けられる彼のそこは、熱く固く猛《たけ》っている。これ以上ないほどに。

だがそれはつまり、現在のアンセルムが生命の危機段階《レベル》の事態ということで。

「生命の危機を感じるくらいなら、お願い寝て――っ……‼」

だがそんなシュゼットの叫びは、全くもって興奮した夫には届かない。挙句に口を口で塞がれ、口腔内を熱い舌で蹂躙される。

「ふっ……！　んんっ……！」

自分の内側を晒す久しぶりの感覚に、シュゼットの体がビクビクと戦慄《わなな》く。

アンセルムはシュゼットの身につけていたものをすべて剥ぎ取り、生まれたままの姿にすると、情欲を浮かべた目でその体を凝視した。

やはりその目が怖い。ひどく飢えた色をしている。

これまで何度も彼に抱かれ、こうして体を晒すことにも慣れていたはずなのに、離れていた時間のせいか、猛然と羞恥が湧き上がり、シュゼットは思わず胸や下腹部を手で隠してしまう。

「……隠すな」

それは、命令だった。逆らうことを許さない。

「だって……。恥ずかしいの」

泣きそうになりながら訴えるが、アンセルムにじっと見つめられ、抗えず、恐る恐る手を外した。

まだ外は明るく、窓から差し込む陽光に照らされ、余すところなくアンセルムの目にシュゼットの裸体が晒されてしまう。

「……ああ、やっぱり綺麗だ。頭の中で思い描いていたよりもずっと」

アンセルムはシュゼットの体を愛おしむように、ねっとりと手のひらでなぞっていく。

彼の手に触れられた肌が、期待で熱を持って震える。呼吸が上がる。

「んっ……んん！」

息を詰め、体をビクビクと震えさせるシュゼットを、アンセルムは愉《たの》しんでいる。

「ああ、相変わらず感じやすい体だな」

耳朶《じだ》を舐《ねぶ》られながら、艶のある声でそんな言葉を耳に流し込まれ、シュゼットは羞恥で泣きそうに

なる。

「やっ……。そんなこと、言わないで……」。

「なんでだ？　俺の手で乱れるお前は最高に可愛いぞ」

そして、多少筋肉が落ちたものの相変わらずたくましい腕で、陽に当たらぬシュゼットの白い太ももを大きく割り開いた。

それだけで、秘所があふれた蜜でくちゅりと小さな水音を立て、さらに羞恥を煽る。

耳元から首筋、そして、胸元へとアンセルムが舌を這わせ、時折唇で吸い上げ、小さな赤い花びらを散らす。

そしてシュゼットの豊かな胸に顔を埋めると、幸せそうな息を吐いた。

シュゼットは腕を伸ばし、胸元にある彼のその黒髪に指を滑らす。自分のすぐうねってしまう柔らかな髪とは違い、真っ直《ますす》ぐで張りがあり、さらさらと手触りがいい
まるで幼子のようだと微笑ましく思ったところで、アンセルムの手が不埒《ふらち》な動きでシュゼットの乳房を揉み始めた。

ぐにぐにと卑猥に形を変えられる乳房に、シュゼットは頬を赤らめる。

「ああ、柔らかい……。たまらないな……」

そして、うっとりと目を細めるアンセルムを見ていて、ふと思う。

（そうよね。……あなたはずっと、ずっと頑張ってきたんだものね）

自分《シュゼット》に触れることで、少しでも彼の疲れが癒《いや》されるのなら。

「――もっと触って。アンセルム。あなたに触れられるの、好き……」

――かつて、彼を戦場に送る前夜。

絶望の中で、ただ互いの存在を確かめるように、体を繋げたことを思い出す。

こうして、互いに生きて触れ合えること。それがどれほど幸せなことか。シュゼットは再認識する。

まるで強請《ねだ》るように、アンセルムの頭を胸に抱き込むと、彼の手がぴたりと止まった。

触ってくれと言った瞬間に、止まるとはどういうことだろうか。

怪訝そうに彼の顔を覗き込むと、彼は眉を下げ、困ったような顔をしていた。

「……可愛い……。可愛すぎる……。何なんだこの可愛さは……」

そしてぶつぶつとなにか呻きだした。やはり彼は疲れているようだ。痛ましいことである。

「……すまない。こうする前に言うべきことがあったな」

そして、アンセルムは顔を引き締めると、真剣な目でシュゼットを見つめ口を開いた。

「――愛してる。シュゼット。ずっと、ずっと会いたかった」

それを聞いた瞬間、多幸感がシュゼットを包み込んだ。

かつて、毎日与えてもらっていた愛の言葉。それをこんなにも重く感じる時が来るなんて。

思わず、涙がこぼれた。このところ随分と涙腺が脆《もろ》くなってしまった気がする。

アンセルムがそのこぼれた涙を舌でぬぐい、またそっと触れるだけの口付けをくれる。

シュゼットは呼吸を整えて、湧き上がる羞恥心を押し殺して、思いを告げた。

「私も……。私も愛してる」

忙しない日々の中、それでもふとした瞬間、寂しさが胸を突いた。

彼がこまめにくれる手紙がなければ、心が折れてしまっていたかもしれない。

するとアンセルムは呆気にとられた顔をして、それから力尽きたように、またシュゼットの胸に顔を沈めて、呻く。

「な、なんという攻撃力……。心臓が痛い……！」

どうやらシュゼットは、アンセルムの胸を撃ち抜いてしまったようだ。本当に大丈夫だろうか。

彼が苦しそうに顔をグリグリと胸の谷間に押し付けてくる。擽《くすぐ》ったくて思わずクスクスとシュゼットは声を上げて笑ってしまった。

「ひゃんっ！」

そして、気を抜いた途端、突然敏感な胸の先端を指先で摘まれ、甘い声を上げてしまう。

アンセルムは谷間から顔を上げると、まるで存在を主張するかのようにぷっくりと色濃く立ち上がったその場所を、舌先で転がしながら舐り、小さく歯を立て、吸い上げて弄んだ。

「ひっ！　あっ……！」

その度に、きゅうっと下腹部が締め付けられ、その奥が何かをねだって甘く疼く。

「アンセルム……。お願い……！」

胸ではなく、もっと違う場所に触れて欲しくて、シュゼットは足をもじもじと動かし切ない声で請う。アンセルムは喜んで、愛しい妻のおねだりを聞いてやる。

「すごいな。外まで溢れているぞ」

アンセルムが足の隙間の割れ目に指を這わせ、嬉しそうに言う。

「俺が欲しくてたまらないんだ?」

それは本当のことだった。この隙間を、彼に埋めて欲しくてたまらないのだ。

だから、シュゼットは素直に頷いた。こうして肌を重ねているときは、なぜか彼に従順になってしまう。

「アンセルムが欲しいの……」

涙目でそう訴えれば、アンセルムが悔しげに唸《うな》った。

「くそっ……。もっと焦らして、もっと俺を欲しがらせてやろうと思ったのに」

そして、シュゼットの腰を引き寄せる。

「……駄目だ。シュゼットが欲しくて、もう我慢できない」

切羽詰まった彼の声に、充てがわれた熱いものに、シュゼットの蜜口が物欲しげにヒクついた。

「あっっ‼」

そして、奥まで突き込まれ、シュゼットは一気に絶頂に達してしまった。

シュゼットもまた、アンセルムに飢えていたのだ。

待ち望んでいたものを与えられ、体が歓喜で満たされる。彼に応えるように、胎内が大きく脈動する。

「くっ……！」

アンセルムが苦しげに息を漏らした。そして、そのまま激しくシュゼットの中を抽送する。

「やっ！　あっ！　あああっ‼」

達した後も休みを与えられず揺さぶられ、暴力的な快楽に晒されたシュゼットは、まるで悲鳴のような嬌声を上げる。

「ああ、帰ってきた……。本当に帰ってきたんだな……」

自らの存在を叩きつけるように、アンセルムはシュゼットを苛む。

「くっ……！　もう……」

そしてひときわ激しく腰を打ち付けると、アンセルムはシュゼットを抱き込み、大きく体を震わせた。

胎内に注ぎ込まれた熱がじわりと広がり、シュゼットは充足感に包まれ深い息を吐き出す。

そして、アンセルムの背中に手を這わせ、繋がったまま、ぎゅっと強くすがりついた。

早い鼓動が、アンセルムから響いてくる。汗で張り付く肌が、不思議と心地よい。

口付けがしたくて、アンセルムの顔を覗き込めば、心なしか、しょんぼりとしている。

「……どうしたの？」

「すまない……。久しぶりで随分早かった……」

シュゼットはきょとんとする。確かにいつもよりも少々早かったかもしれないが、シュゼット自身も久しぶりで余裕はなかったのでまるで気にしていなかった。

「早打ちは銃だけにしておきたい……」

そして、なにやらまたしても訳のわからないことを言い出し反省している。だからなんでも表現を武器に寄せるのはいかがなものかと思う。

「休める時間が早くなったと思えばいいわ。だから今日はもうゆっくり休んで――」

夫を気遣い、そう優しく声をかけたところで、繋がったままの場所に異変を感じた。

それは、先ほどまではなかった圧迫感で。

「…………あら？」

膣内を押し広げられ、思わず間抜けな声を上げたシュゼットに、アンセルムは嗜虐的に笑う。

「――誰が終わりって言ったんだ？」

そして、またゆるゆると腰を動かしだす。

吐き出された精と、滲んだ蜜が混じり合いぐちゃぐちゃと卑猥な水音を立てる。

「え……!?　あっ！　まって……！」

「断る。今日だけは俺のわがままを聞いてもらう」

「えっ!?　やっ！　あああーっ！」

どうやら生命の危機は、下半身の耐久力をも付与するらしい。

そしてシュゼットは、アンセルムが満足するまでその体を貪られたのだった。

エピローグ　ずっといっしょに

シュゼット・ルヴェリエは、セラフィーヌ王国の歴史上で、数少ない女性辺境伯として知られる。

彼女はシェイエ王国の侵攻を食い止めたその功績を国王に認められ、女性の身でありながら辺境伯の爵位を継いだ。これ以後、ルヴェリエ辺境伯領は女性継承を認められている。

彼女の堅実な領地経営により、ルヴェリエ辺境伯領はよく栄えたと伝えられる。

だが、それよりも歴史に名を残すのは、彼女の夫アンセルム・ルヴェリエであろう。

アンセルム・ルヴェリエは数多の軍略で他国からの侵攻を幾度も防ぎ、良く国を救った。

後世『軍神』と称《たた》えられ、彼が残した数多くの戦法は、今もなお、兵法書にいくつも記載されている。

だが、それだけの功績を残し、時の王に幾度も国軍の要職に就くことを打診されながらも、彼本人は出世を望むことなく、ただルヴェリエ辺境伯領に、妻の側にいることを望んだ。

有事の時のみ国軍に復帰し、平穏な時はただ妻の傍にありて、領主である妻の補佐に従事した。戦時中の彼を知る者は、妻と共にある時の彼の穏やかな表情に驚いたという。

そして、シェイエ王国との戦争以後、彼が存命の間に、ルヴェリエ辺境伯領にある国境が他国の侵攻を許すことは、一度もなかった。

「わぁ……！」

高台にある監視塔に登ったシュゼットが、歓声をあげた。

ここからは国境が一望できる。思わず身を乗り出せば、背後からアンセルムが包み込むように抱きしめた。

「危ないぞ。それでなくても今は、重心がずれて転びやすくなっているんだ」

「重心って……もうちょっと他に言い方はないの？」

アンセルムの言葉に、シュゼットはくすくすと笑う。相変わらず夫の比喩はなんだか可笑《おか》しい。

それから、彼の言うところの重心のずれである、大きく膨らんだ腹を撫でた。

アンセルムの過労による生命の危機時に、めでたくシュゼットは妊娠した。子孫を残そうとする本能とやらは、凄いものであったようだ。

だが散々致したその後、突然事切れたように寝台でぱたりと意識を失ったアンセルムが、三日三晩眠り続けたのは恐怖だった。

四日目にしてようやく起きてきた彼は、べっとりと貼り付いていた隈も取れ、いつもの様子に戻っていたのでシュゼットは心底安堵したのだが。――本当に恐ろしい出来事であった。

「やっぱりここから見える景色は綺麗ね……」

管制塔の見張り台から風景を眺め、うっとりとシュゼットは呟く。

アンセルムが作ったこの監視塔がなければ、間違いなくこのルヴェリエ辺境伯領は助からなかったであろう。この塔からあげられた狼煙は、シュゼットを含む多くの領民を救った。

そのため、どうしてもこの場所にお礼が言いたくて、これ以上出産が近づき動けなくなる前にと、アンセルムとともにこの監視塔にやって来たのだ。

――あの戦争から一年近くが経った。

戦争を引き起こしたシェイエ王国の国王は多くの犠牲を出しながら、敗戦したその戦争責任を問われ、退位に追い込まれたという。

そしてその後すぐに後継争いによる内戦が起こり、とてもではないが、しばらくは他国に目を向けるような余力はないだろう。

そして、このルヴェリエ辺境伯領も、未だ戦争の爪痕は深く残るものの、穏やかな日々を取り戻しつつあった。

復興中、領民を励ますような明るい出来事もあった。

この地を守り切った立役者である、ルヴェリエ辺境伯令嬢シュゼットとノヴィール伯爵令息アンセルムが、ルヴェリエ城近くにある教会で、家族や孤児院の子供たちをはじめとする領民たちに祝福されながら、再度、結婚式を挙げたのだ。

その挙式の寸前で、シュゼットの妊娠が発覚し、多少慌ただしくなったものの、それもまた良い思い出である。

「本当に堪《こら》え性《しょう》のない馬鹿息子ね……！」

妊婦となったシュゼットのために、急遽、仕立てた婚礼衣装の手直しが必要となってしまい、アンセルムは母であるジェニファーに叱られていた。

だが、仲の良い普通の親子だ。昔、確かにそこにあった見えない壁が、今はない。

「もっと怒りなさいシュゼット！　この馬鹿息子に甘い顔をしちゃダメよ！」

そのことが嬉しくてにこにこと笑いながら仲の良い二人を見ていたら、シュゼットまでジェニファーに怒られてしまった。幸せでたまらない。

姉である第二王子妃ミシェルも、今度はきちんと許可を取って実家に戻り、二人の結婚式に参列してくれた。

ミシェルは、かつての美しく自信に溢れた姿に戻っていて、シュゼットは喜んだ。多少主役である自分が霞《かす》みそうだが、やはり姉は、こうでなくてはいけない。

姉妹の両親も参列したが、終始気まずそうな様子で小さくなっていた。

自分の領地が戦火に巻き込まれたと言うのに、役目を娘に押し付けたまま、怯えて王都の別邸から一歩も出ずにいたことで、周囲からの侮蔑の視線にさらされることとなったのだ。

貴族であるならば、その身分に伴う義務というものがある。それを放棄したことで王の不興を買い、引退を勧告され、渋々ながらも娘であるシュゼットにその爵位を譲ることになった。

今は二人、人目を避けるように、田舎の別荘で静かに生活をしている。シュゼットとしてはこれ以上両親に望むことは何もない。

ノヴィール伯爵家の財力と母ジェニファーの血と涙の結晶である、贅《ぜい》を凝らした純白の婚礼衣装を身に纏ったシュゼットを前に、アンセルムは甘く笑った。滅多に表情を動かさない彼の、その顔に、参列していた皆が驚いた。

「ああ、本当に美しいな」

思わずこぼした彼の言葉に、シュゼットもまた満たされた。

まだまだ復興中なこともあり、派手なことを極力避けた慎《つつ》ましい式ではあったが、幸せそうな新郎新婦を、皆が惜しみなく祝福したのだった。


その後も復興途中の領地を抱え、相変わらず領主としての仕事は忙しい。だが、シュゼットは充実した日々を送っている。

先日、王命によりこのルヴェリエ辺境伯領の復興の視察に来た将軍閣下が、王都にいた頃のアンセルムの話を聞かせてくれた。

どうやら彼は、本人曰く深刻なシュゼット不足とやらでまともに睡眠がとれなくなり、さらには攻撃的な言動が増えてきたため、このまま王都に置いておくわけにはいかないと、国王と将軍によってルヴェリエに帰されることになったらしい。

これにより、国軍では、凶暴化するためアンセルムを長期間妻から引き離してはならない、という不文律ができたという。

シュゼットと共にいるアンセルムを見て、将軍はその穏やかさに「同一人物とは思えん」と目をこすっていた。

多少常軌を逸しているが、彼にこんなにも必要とされていることが、嬉しい。

誰かの一番になりたかったかつての少女は、今、夫の一番にとなって、満たされている。

「ようやくここまできたわね……」

監視塔から、遠くに見えるリール川では、新たな橋の建設が始まっていた。

かつて、シェイエ王国軍からの侵攻を受けた際、足止めのため、リール川にかけられていた橋は全て爆破し、落としてしまっていた。

今になって、ようやくその橋の建設まで手が回るようになったのだ。

周辺の住民には長く小舟での移動を余儀なくさせてしまったので、安堵している。

「そうだな。……まだまだ道行きは遠いが」

アンセルムも笑う。二人の心は一つだ。

「あなたとなら、なんとかなるわ」

「お前となら、なんとかなるだろう」

言葉が重なり、二人で吹き出して笑い合う。

「前にもここに、二人で来たことがあったわね」

舞い上がる風に、炎のような赤い髪を躍らせながらシュゼットが言えば、アンセルムも頷く。

この監視塔が完成した時、二人でこの塔に登って同じ景色を見ていた。

本当は、アンセルムとずっと一緒にいたいと願いながら、一人でなんとかしなければと焦り、足掻き、空回っていた日々。

あの頃の自分が、今こうしてアンセルムと寄り添っている姿を見たら、さぞかし驚くだろう。

「ねえ、アンセルム」

「――――ん？　どうした」

「……一生そばにいてくれる？」

かつて重すぎて言えないとロザリーに言った言葉を、今なら平然と言える。

アンセルムが自分のことを間違いなく愛していると、そう確信できるからこそ言える言葉。

ここで彼と共に、この地を守りながら一生を過ごしたいのだと。

そう素直に言えることが、嬉しい。

「もちろんだ。悪いが俺は、一生お前から離れるつもりはないぞ」

そして、迷いなくそう返してもらえることが、嬉しい。

夫婦で守り切った国境を見つめる。

土地は広くとも、山林や荒地が多く、さりとてめぼしい資源もない。領民も多くなければ税収もまた多くない。

――――だが、どこよりも愛おしい場所。

アンセルムとともに、ずっと守っていくのだ。

きっとこの腹の子もまた、この地を守りながら生きていくのだろう。

そうして綿々と続いていくであろう未来に、思いを馳《は》せる。

そして、夫の体に寄りかかりながら、彼のその温《ぬく》もりに、シュゼットは幸せを噛《か》みしめたのだった。

番外編

ロザリー・オルコットの受難

ロザリー・オルコットは、この世に生まれ出る前に、父を事故で亡くした。

育ち盛りの息子四人を抱え、子を孕《はら》んだ大きな腹を抱え、生きるために母が選んだ道は、ルヴェリエ辺境伯家に今度生まれる予定の子供の乳母となることだった。

オルコット家は父方の伯父が男爵位を持っている。そんな貴族の傍流であるという家柄を利用し、母は働き口を得たのだ。ほぼ平民として倹《つま》しい生活を送っていたのだが、初めてオルコットの名が役に立った。

よって、物心ついた時には、母はロザリーの側にいなかった。早めに乳離れをさせられた後、そのままむさ苦しい四人の兄に、雑に育てられることとなったのだ。

そんな母が長らく仕えたルヴェリエ辺境伯家に解雇され、土産を携えてロザリーの元に帰ってきたのは、彼女が七歳の頃のことだ。

「てめえ！　ふざけんな！　ぶっ殺すぞ！」

そして、すぐ上の兄にその土産の菓子を奪われ、取り返そうとしたロザリーの恫喝《どうかつ》を聞いた母が、その場で泣き崩れてしまったのは、無理もないことであったと今も思う。

ガサツな兄達《たち》と共に育ったロザリーは、どうしようもなく口が悪かった。

感情を隠すことを知らず、歯に衣着せずに言いたいことを言いたいように言ってしまう娘に、母は頭を抱えた。

母が失職したものの、すでに上の兄二人が働き始めていたため、オルコット家は食べることには困らない状況であった。

よって母は、娘につきっきりとなって、なんとかそれらを矯正しようとした。だが、幼少期から育まれた性質は、なかなか直るものではない。

今更女の子らしくしろと言われても、ロザリーにはどうにもむず痒《がゆ》く感じて、落ち着かないのだ。

だが、母が悲しそうな顔をするので、ロザリーは仕方なく表面上だけは取り繕うようになった。

ずっと演技をしながら生活しているような感覚だが、仕方がない。

おそらく母は、生きるためとはいえ長らく娘を放置していたことに、深い罪悪感を持っていたのだろう。

兄達は雑ではあったものの、愛情をもってロザリーを育ててくれた。よってロザリーは寂しいと思ったことも、自分を惨めに思ったこともないのだが。

そんな母曰《いわ》く、元勤め先のルヴェリエ辺境伯家は、どうしようもない家だったようだ。

母が乳母として面倒を見ていたのは、その辺境伯家の次女だ。

男児を期待されたにも関わらず、女児として生まれてしまったその子は、随分と酷《ひど》い扱いを受けているそうだ。

「シュゼットお嬢様が心配だわ……」

母はそう言って、時折切ないため息を吐いた。

母しかそのお嬢様の世話をしないというのに、その母を解雇したということは、辺境伯家は金を惜しんで次女の世話を放棄したということだろう。

その家の主人に逆らって居座ることもできず、後ろ髪引かれる思いで母は帰ってきたのだ。

兄達は待望の妹であるロザリーを、とても可愛《かわい》がってくれる。だからロザリーには、女児として生まれたが故に冷遇されねばならない理由が、よくわからない。

「世の中にはロクでもねえクズがたくさんいやがるんだなあ……」

「……ロザリー。言葉に気をつけなさいと何度言ったらわかるの」

「世の中にはどうしようもない輩《やから》がたくさんいやがるんですのね。お母様」

シュゼットという名のその子は母の乳で育ったという。つまりはロザリーにとって、乳姉妹である。

ロザリーの方がほんの少しだけ早く生まれているので、つまりは妹のようなものである。

むさ苦しい兄しかいないロザリーは、彼女に会ってみたくて仕方がない。

「シュゼット様はそりゃあご聡明《そうめい》で、お優しくて、お可愛らしい方よ」

などと母が褒めるので、そりゃあもう気になって仕方がないのである。

そしてその機会は、ロザリーが十三歳のときにやってきた。

ルヴェリエ城で、若干名の侍女の募集がかかったのだ。その話を聞きつけた母は、娘のロザリーに頼み込んだ。

「どうか、ルヴェリエ城に行って、シュゼットお嬢様を守ってさしあげてちょうだい」

大切に育てたお嬢様が一体どうなったのか。母は気になって仕方がなかったのだろう。

ロザリーはもちろん、一も二もなく頷《うなず》いた。そろそろ働きに出なければならない年齢であったし、なによりもずっと会いたかった乳姉妹に会えるのだ。

そしてロザリーは、鍛え上げた猫かぶりでなんとか採用を勝ち取り、無事に侍女見習いとして、ルヴェリエ城に入り込んだのである。

家令に連れられ、辺境伯家の面々と顔を合わせることとなったロザリーは、憤りを顔に出さないようにすることに必死だった。

シュゼットの立場は、母の話してくれた状況よりもずっと悲惨だった。

姉であるミシェルが美しく着飾り、大輪の薔薇《ばら》のように笑うその横で、色褪《いろあ》せ、丈の足りないドレスを着たシュゼットが、生気のない顔で微笑《ほほえ》んでいた。

彼女のドレスの裾からむき出しの踝《くるぶし》が見えてしまっているのに、誰も気にしない。

皆が後継であるミシェルばかりを気にかけ、母の育てた大切なシュゼットを気にする人間は、誰もいなかった。

確かにミシェルは美しい。他を圧倒する美しさだ。けれど、シュゼットにだって楚々《そそ》とした美しさがある。そして、その鋼色の目にあるのはミシェルにはない理知の輝きだ。

だから、そんな未来を諦めた顔で笑わないでほしいとロザリーは思う。

「――――シュゼット様。助けに参りましたよ」

仕事の合間に、そっとシュゼットの耳に囁《ささや》けば、シュゼットは驚いた顔をした。

この家には、まともにシュゼットの世話をする人間はいない。誰も、関心を持たない。

だからシュゼットは、自分でドレスを身につけ、髪を整えなければならなかった。

そのことに、違和感を持たない面々が、ロザリーは気持ち悪くてたまらない。

ロザリーに与えられた仕事の中に、シュゼットの世話は含まれていなかった。けれどロザリーは、必死にやりくりをして時間を作っては、シュゼットの世話を自主的にした。

裾の足りないドレスに、ハギレでフリルを作り縫い付けた。絡まりやすい柔らかな赤い髪を、丁寧に梳《す》いて、整え、結った。統一性のない寄せ集めの家具が置かれたうすら寒い北側の彼女の部屋の窓辺に、そっと摘んできた花を飾った。

その度に申し訳なさそうな顔をするシュゼットが、悲しくてたまらない。

「ロザリーは私のそばにいて、大丈夫なの？」

その上、わざわざロザリーの心配までしてくれる。

「私は大丈夫だから。もし無理をしているのなら……」

本当は大丈夫などではないくせに。いつも我慢をしているのに。その小さな胸を痛めながら。

「大丈夫ですよ。シュゼット様。私、ちゃんと嫌な時は嫌と言いますから」

そう、歯に衣着せないのはロザリーの特徴なのだ。普段の彼女の言動を思い出し、シュゼットは少し笑って、ありがとうと言ってくれた。

本当に可愛くて優しい、素晴らしい主人だ。だからこそ、何故《なぜ》、と思う。

「……滅びろ、クズ共が」

この城に住む者たちに思わず毒吐けば、シュゼットは困った顔をして笑った。

「仕方がないわ。私は、お父様やお母様を失望させてしまったから」

縋《すが》るような目で、家族を見つめる彼女が切ない。女性として生を受けたことは、それほどまでに罪深いことだったのか。ロザリーは悔しくて、唇を噛《か》み締《し》める。

「シュゼット様には、何一つ瑕疵《かし》はないのです。もっと現況に怒りを持っても良いのですよ。自分は大切にされるべき存在だと」

必死に、そう言い聞かせた。冷たく凍り付いてしまったシュゼットの心に届くようにと。

両親に愛される姉を間近で見ながら、シュゼットは何を思っていたのか。ロザリーは想像するたびに胸が潰れそうになる。

――だって、比べずにいられるわけがないのだ。自分と、姉を。

本当はこのルヴェリエ城の奴《やつ》らを眼《め》の前にして、思いつく限り罵ってやりたかった。

けれどそれでクビになり、自分までこの城から追い出されてしまったら、シュゼットの味方がいなくなってしまう。

言いたいことを言いたいように言ってきたロザリーは、大切なもののために、それを我慢することを覚えた。

――その日は、妙に城内が浮き足立っていた。一体何があるのだろうとロザリーが首を傾《かし》げていると、突然いけ好かない侍女頭から、布の塊を渡された。

「今日はノヴィール伯爵家の方々がいらっしゃるの。だからこれをシュゼット様に着せてちょうだい」

それは、ミシェルのお下がりであろう、いくつかの衣装だった。シュゼットが普段着ているものよりも、随分と状態が良い。どうやらノヴィール伯爵家の目を気にしているようだ。

（シュット様を冷遇してるってことを、外にバラしたくはねえんだな）

それはつまり、自分たちが次女《シュゼット》を冷遇しているという自覚があるということで。

（――――ああ、本当に。滅びてしまえ、くそったれ共が）

ロザリーは心の中で呪う。せめてノヴィール伯爵家の面々がまともであることを祈るしかない。

シュゼットに渡された衣装を着せて、その燃えるような赤い髪を綺麗《きれい》に整える。

シュゼットは小柄ながらも女性らしい体つきをしている。このドレスでは、胸元が随分ときつい。

つまりは姉のミシェルよりもシュゼットの方が胸が大きいということだ。

どこか幼げな顔にこの体とくれば、一部の男性からは熱狂的な支持を受けそうだな、などと思いながら、ロザリーはコルセットをきつめに締め直す。どうやらこの衣装は後で手直しが必要そうだ。

「今日は何かがあるの？　ロザリー」

いつもと違う綺麗な衣装に疑問を持ったのだろう。シュゼットが不思議そうに聞いてきた。

ロザリーはただ侍女頭から聞いたままを答えた。

「ノヴィール伯爵家の皆様がいらっしゃるそうですよ」

するとシュゼットが目を見開き、それから頬を赤く染めた。そんな彼女の姿を見たのは初めてで、ロザリーは驚く。

「……それは、本当？」

そう、幼《いとけな》く聞いてくるシュゼットが可愛らしく、ロザリーは微笑んでしまった。

久しぶりに彼女が年相応に見えたのだ。

「ええ。お会いしたい方でもいらっしゃるのですか？」

そう聞くと、シュゼットは軽く唇を噛み締め、ゆるゆると首を横に振った。

おそらく、ロザリーがここで働くようになったよりも前に、彼女に何かがあったのだろう。

それ以上は何も聞かず、ロザリーは持てる技術の全てをかけて、シュゼットを飾り立ててやった。

そしてやってきたノヴィール伯爵家の皆様は、なかなかに濃い面子であった。

良い歳の重ね方をしたのであろう、気品のある伯爵夫妻。美形だが少々軽薄そうな雰囲気の長男のパトリック。そして同じく美形だが無表情でやたらと眼光の鋭い次男のアンセルム。

「シュゼット。久しぶりね……！」

形式的な挨拶を終えた後、そう言って嬉《うれ》しそうにシュゼットを抱きしめるノヴィール伯爵夫人ジェニファーに、ロザリーは安堵《あんど》のため息を吐いた。

どうやら彼らは、理由もなくシュゼットを貶《おとし》めるような人間ではないようだ。

「ジェニファーおばさま。お久しぶりです」

シュゼットも嬉しそうに、子供らしい顔で笑う。そのことが、嬉しくてたまらない。

ジェニファーは家の者たちと違い、ミシェルとシュゼットを分け隔てなく接してくれる。

姉のミシェルは愛想が良く会話の上手《うま》い長男パトリックに楽しげに纏《まと》わり付《つ》いていたが、面倒になったらしい彼が途中で席を外し、次男のアンセルムと二人にされた途端につまらなそうな顔になった。

そうやってすぐに自分の感情を態度に出してしまうのは、上流階級の淑女として、致命的なことだ。

本来なら叱責すべきであろうところを、猫撫《ねこな》で声《ごえ》で必死に娘をなだめている辺境伯夫妻に対し、ロザリーは冷たい目を向ける。

（——本当に、馬鹿な奴らだ）

その一方で、シュゼットの視線は、ちらりちらりとそのアンセルムを追っていた。

ふとした瞬間に互いの目が合えば、慌てて視線をそらす。平然を装っているが、ほのかにその耳が赤い。

わかりやすいその姿に、思わずロザリーはにんまりと笑ってしまった。

（ああ、シュゼット様は、アンセルム様が好きなんだ）

初々しさに、ロザリーはほっこりとする。辛い生活の中でも、シュゼットが恋をしたことが、なにやら嬉しい。

一方のアンセルムもまた、シュゼットのことを気にかけているようだ。だからこそ頻繁に目が合うのだろう。

——だが、彼らはその場において、結局一言も言葉を交わすことはなかった。

その後、部屋に戻ったロザリーは、シュゼットの着替えを手伝う。

シュゼットが着ていたお下がりのドレスを、やっぱり返してほしいとミシェルが言い出したためだ。それまで見向きもしなかったくせに、可愛らしいシュゼットを見て、手放すのが惜しくなってしまったのだろう。そんな風に、相手がどう思うかなど何も考えず、抵抗なく自分の欲求を口にできてしまうミシェルの無神経さにロザリーは苛立《いらだ》つ。シュゼット自身はあまり気にしていないようだが。

「……シュゼット様は、アンセルム様がお好きなんですね」

コルセットの紐《ひも》を解きながら、何気なく聞けば、シュゼットはまた頬を赤らめて、口を開いた。

「……ええ。アンセルムとは、もっとずっと小さい頃からの付き合いなの」

彼と沢山の話をしたこと。彼から綺麗な手巾を貰《もら》ったこと。彼に優しくしてもらったこと。彼は心の支えだったこと。――――彼が、大好きだったこと。

きっと、話したかったのだろう。ずっと胸に秘めていた恋心をぽつりぽつりと話してくれた。

そんなシュゼットが可愛くて、話すに値する相手と思ってもらえたことも嬉しくて、ロザリーは微笑む。

「……でもね、アンセルムは、お姉様の婚約者なの」

だが、最後にそう締《し》め括《くく》られて、ロザリーは一気に心が重くなった。

どうやら主人の初恋は、叶《かな》いそうにもない。

貴族の結婚に、恋愛感情の優先度は低い。故に、おそらくあのアンセルム少年は、このままシュゼットの姉であるミシェルと結婚することになるのだろう。

――――なんで、よりにもよって。

「だからね、もう、彼のそばにはいられないの……」

シュゼットは言葉を詰まらせる。ロザリーはたまらなくなって、そっと慰めるようにシュゼットを抱きしめた。

（――――ああ、神様。どうか、この子を幸せにしてください）

神に祈ったことなどない。だからこそ、ロザリーは祈った。

それを叶えてくれるなら、あんたを信じてやってもいい。――――だから、どうか。

だが、そんなささやかなロザリーの願いを嘲笑《あざわら》うかのように、まだ幼いシュゼットに非情な縁談が持ち上がった。少女愛好家で有名な、四十歳以上年上の資産家の男の後妻に入れという。

金に困った彼女の両親が、支度金目的で強引に推し進めた縁談だった。それを知り、さすがのロザリーも怒り狂った。どうして血の繋《つな》がった実の娘に、そんな酷い真似《まね》ができるのか、と。

「……もう、だめ」

涙をこぼして、初めて家を出たいと口に出した主人《シュゼット》の望みを叶えるため、ロザリーは侍女頭に辞表を叩《たた》きつけると、シュゼットがささやかな願いを切々としたためた手紙を握りしめ、ノヴィール伯爵領へと馬を走らせた。

幼い頃から兄たちに仕込まれていたため、乗馬は得意だ。こんな時に役に立つとは思わなかったが。

そうして一日馬を走らせ、夜にはノヴィール伯爵邸に着いたが、すでにその門は固く閉められており、伯爵夫人に会わせてくれと門番に頼み込んでみたものの、面倒そうに追い返されてしまった。

困ったロザリーは、周辺で聞き込みをし、夜な夜な屋敷を抜け出しては夜遊びしているノヴィール伯爵令息パトリックが出没するという酒場を突き止めた。

彼の顔は覚えていた。確か弟のアンセルムとよく似た顔の、軽薄そうな雰囲気の男だ。

そうして見つけ出した彼は、酒場でげらげら笑いながら、賭け事に勤《いそ》しみ、麦酒を煽《あお》っていた。

ロザリーは人の噂話《うわさばなし》を聞くのが大好きな、情報通である。よって、彼の身に起きた事件も大まかになら知っていた。

パトリックの妻は数年前、結婚前からの秘密の恋人と駆け落ちしてしまったのだという。政略結婚故《ゆえ》の悲劇だと、当時は随分と騒がれたらしい。

風聞に晒《さら》され自信を失った彼は、その後、自堕落な生活を送るようになってしまったそうだ。

なんとも情けない男だと思いつつ、ロザリーは彼に向かい声をかけた。

「お楽しみ中のところ失礼いたします。パトリック・ノヴィール様でいらっしゃいますね。私はロザリー・オルコットと申します」

話しかけられたパトリックは、不愉快そうに眉を上げた。こんなところで自分の本名を出して欲しくなかったのだろう。

だがロザリーは臆することなく必死に事情を説明した。どうにかして、ジェニファー夫人とつなぎをとりたかったのだ。

「お願いです。シュゼット様を助けたいんです！」

だが、それに対する彼の返事は、冷たく、素っ気なかった。

「そんなことをして、私に一体なんの得があるんだい？　大体あの口うるさい母上のところになんて行きたくないし」

くだらない、とばかりに再度手に持ったカードに目を落とす。

「そんなことをおっしゃらずに、どうか……！」

「嫌だね。自分でなんとかしなよ。私は今、忙しいんだ。ルヴェリエ辺境伯のご令嬢なんて、別にどうなったっていい」

投げやりなその言葉に、ロザリーの怒りが沸点を超えた。自分ではどうにもできないから頼んでいるのだ。ロザリーとてこんないけ好かない男に頼み事など、したくはないというのに。

ロザリーは手を伸ばし、思い切りパトリックのシャツの首根っこを掴《つか》む。あまりの乱暴さに、パトリックが手にしていたカードが周りに散らばった。

そして、その呆《ほう》けた面に、思い切り頭突きをしてやった。

酒場に、ゴンッ！　という鈍い音が響き渡る。

「痛っ！！　君！　一体何をするんだ！」

「うるせえ！」

ロザリーは額の痛みに耐えながら、大きな声でパトリックを一喝する。

「良い歳した大の男が、女に捨てられたくらいでうだうだしてんじゃねえぞ？　ああ？」

ドスの効いた低い声に、周囲が静まり返った。パトリックも驚き、目を見開く。

ロザリーの見た目は、大きなつり目が愛らしい、可憐《かれん》なお嬢さんである。

そんなロザリーの小さな唇から吐き出された恫喝が、あまりにも外見にそぐわず、その場の誰もが信じがたい気持ちで彼女を呆然《ぼうぜん》と見つめる。

「てめえのくだらねえ感傷なんてどうでもいいんだよ！　大切な親友の未来がかかってんだ！　いいからとっとと案内しやがれ！　このグズが……！」

ロザリーに罵倒され、その強い眼差《まなざ》しに撃ち抜かれたパトリックは。

「…………ハイ」

少々カクカクとした妙な動きをしながらも、素直に彼女の手を取ると、ノヴィール伯爵邸へと歩き出した。そうしてロザリーは、彼の尽力でノヴィール伯爵夫人ジェニファーに会うことができた。

「まあ！　ロザリーじゃないの。こんな時間に一体どうしたの？」

非常識極まりない時間だと言うのに、顔を見るなり、ジェニファーは何があったのかと心配して駆け寄ってくれた。シュゼットが大切な友達なのだとこっそり紹介してくれていたこともあって、彼女はロザリーの顔を覚えていたのだ。安堵のあまり、ロザリーは泣きそうになる。

「ジェニファー様。どうか、どうかシュゼット様をお助けください……！」

そしてシュゼットの手紙を渡し、その場に頽《くずお》れると、床に額を擦り付けてロザリーは懇願した。

そんな彼女のただならぬ様子に、慌てて手紙開いて読んだジェニファーは、その内容に顔色を変え、すぐに動いてくれた。シュゼットをロザリーとともに、ルヴェリエ辺境伯領から王都にある王宮へと逃すよう、手配してくれたのだ。

そして、ルヴェリエ辺境伯夫妻を諌《いさ》めてくれた。ノヴィール伯爵家に多大な支援を受けていることもあって、彼らは何も言い返すことができなかったようだ。

「あの子のそばに、あなたのような子がいてくれたことに感謝するわ」

その時のジェニファーの言葉は、今でもロザリーの宝物だ。

それからロザリーは、シュゼットとともに王宮に勤めるようになった。

王宮での日々は、数多《あまた》の成功経験は、シュゼットに自信と強さを与えた。

ロザリーは、そんな彼女が眩《まぶ》しくも誇らしかった。

その後も、うっかり馬鹿王子と婚約をしてしまったり、それをうっかり姉に奪われてしまったり、そうしたら何故か初恋の相手に追いかけられたり、領地経営に精を出してみたり、突然戦争に巻き込まれたりと、色々なことがあった。

そんな波乱万丈な人生を送ることになったシュゼットを、ロザリーはただ、その側で支え続けた。


（――ああ、感無量って、こういうことを言うんだな……）

白い花びらの中を歩く花嫁姿のシュゼットに、ロザリーは胸がいっぱいになる。その隣に立つ花婿《アンセルム》に対しては色々と思うところはあるが、親友が幸せならば、もうなんだっていい。

純白の花嫁衣装は、下腹部を押さえつけないよう、胸のすぐ下で切り替えた形になっており、そこから幾重にも重ねられたレースと絹の贅沢《ぜいたく》なドレープが後方へ大きく広がっている。そして、実はその下には、すでに新たな命が宿っていた。

今までになく晴れやかにシュゼットが笑っている。何の憂いもないその笑顔が、たまらなく嬉しい。

王都からやってきたミシェルが、そんなシュゼットを涙ながらに抱きしめ、祝福している。相変わらず周囲を圧倒する美しさだが、身に纏《まと》った衣装は比較的地味に抑えてあり、花嫁を霞《かす》ませまいという気遣いを感じさせる。あの無神経なミシェルお嬢様も成長したものだと、ロザリーは感慨深い。

「……本当に良かったわ」

「ええ、ここまで来れたのも、ジェニファー様のおかげです」

隣に立つジェニファーの言葉に、ロザリーはしみじみと同意する。

実はロザリーは個人的に、ノヴィール伯爵夫人ジェニファーと親交を結んでいた。

シュゼットともに王宮へと送ってもらうことの条件の一つに、シュゼットの様子をジェニファーへ定期的に報告する、というものがあったのだ。そのため、それ以後もずっと彼女と文通を続けていた。

ジェニファーはシュゼットのことを心から大切にしていた。そんな彼女に、これまでどれほど助けられたかわからない。血の繋がった実の両親にこそ恵まれなかったが、シュゼットには、彼女を心配し支えてくれる他人がいた。

この結婚式も、ジェニファーの尽力あってのことだ。シュゼットは義両親には恵まれたようである。

「これで馬鹿息子が一人片付いて、ホッとしたわ」

酷い言い様に、ロザリーは笑ってしまう。だがなんとも彼女らしい。

ジェニファーもまた、ずっとアンセルムとシュゼットを結婚させたいと思っていたのだ。念願叶って肩の荷が下りたのだろう。

「ところでロザリー。我が家にはまだもう一人、馬鹿息子がいるのだけれど」

「それはご愁傷様です」

軽く受け流せば、なにやら恨みがましい目でジェニファーがこちらを見てくる。

アンセルムの兄であるパトリックは、優秀な男ではあるが、いかんせんどうにも軽い男で、妻に逃げられた後は、男やもめ生活を楽しんでいる。

ちなみに彼と逃げた前妻との間には、現在ジェニファーが養育している九歳になる息子がいる。ありがたいことに顔立ちは似ているものの、性格は父親や叔父に似ず、素直で愛らしい少年である。ロザリーにもよく懐《なつ》いていて、先ほども一緒に遊んでいたのだが。

「どう？　ロザリー。ここはひとつ伯爵夫人になってみない？　あの子もよく懐いていることだし」

「丁重にお断りいたします。いくら何でも身分が違いますよ」

「身分なんてどうとでもしてあげてよ。本家のオルコット男爵の養女にでもなればいいじゃない」

どうやら男爵家に圧力をかける気満々だ。困った奥様である。

「本家にご迷惑をおかけするわけには参りませんよ。大体それでもまだ身分が違いますし」

「一回目はそれを重視して失敗しちゃったんだもの。やっぱり大切なのは愛だと再認識しているところなの。というわけで、うちの長男、おすすめよ」

「恋愛小説の読みすぎではないですか？　現実を見ましょう、ジェニファー様。大体パトリック様にはもっとふさわしい方がいらっしゃいますよ」

「そんなことはないさ。結婚しようロザリー」

（うわ！　来やがった！）

知らぬ間にロザリーの背後にはニコニコと胡散臭《うさんくさ》く笑うパトリックがいた。三十をいくつか過ぎているはずだが、精神的負荷《ストレス》なく自由気ままに生きているからか、随分と若く見える。

かつて離婚をきっかけに自堕落な生活を送っていた男は、ロザリーからの罵倒を受けた後、まともな生活を送るようになったらしい。

「……私、少女愛好の方はちょっと」

「出会った頃の君は確かに十四歳だったが、今はもう二十二歳じゃないか」

「……私、年の離れた方はちょっと」

「十歳くらい、成人した今となっては大した歳の差じゃないだろう？　よくある程度さ」

（めんどくせえな！　オイ……！）

パトリックの粘り腰に、必死に作って張り付けた微笑みが引きつる。

「君の罵倒を受けて、私は目が覚めたんだ……！　君しかいない！」

（お前の被虐趣味なんて知ったことじゃねえし……！）

どうやらパトリックは、女性に罵倒されることにたまらなく興奮するという、被虐的な性質になってしまったらしい。たまに会うたびに、罵ってほしそうにこちらを見てくる。本当に勘弁して欲しい。

「なんと今なら、私と結婚するとシュゼットと義理の姉妹になれるぞ」

「くっ……！　少し心が揺れ動くからやめてもらえませんか」

「おお……！　ロザリーが初めて心動かしてくれた！」

「別にあなた自身に心が動いたわけじゃないんですけど……？」

「それでもいいから結婚してくれ……！」

ジェニファーはニヤニヤと楽しそうに笑いながらこちらを見ている。どうやらロザリーをノヴィール伯爵家に取り込む気満々らしい。本当に怖い奥様である。

「お断りします。私はこのままシュゼット様にお仕えしながら生きるんです」

「それなら結婚してもここで働き続ければいい。なんせ隣の領地だからな。だから妻になってくれ」

「だからそういう問題じゃねえよ……！」

思わず憤りのまま口汚く罵れば、パトリックはむしろ幸せそうな顔をする。話が通じなくてつらい。

「あの、ごめんなさい、ロザリー。私、あなたとパトリック様が恋仲だなんて知らなかったの」

すると突然困惑した様子の親友の声がして、ロザリーは目を見開く。どうやら知らぬ間に近くに来ていたシュゼットに、これまでのパトリックとのやりとりを、全て聞かれていたらしい。

衝撃を受けたのか、しょんぼりと肩を落としているシュゼットに、ロザリーは慌てて否定する。

「違います。勘違いです。有り得ません」

「私のことは気にしないで、お嫁に行ってくれて構わないのよ、ロザリー。そりゃあ寂しいけれど、あなたが幸せになってくれたら嬉しいわ」

「だから勝手に妄想を膨らませないで、私の話を聞いてください。シュゼット様」

「すまないな。義妹《シュゼット》よ。君の親友は私がもらう予定だ」

「おい、黙ってろ。変態。これ以上誤解されたらどうすんだ」

「ああ……！　その貶《さげす》んだ目がたまらない……！　もっと罵ってくれ……！」

「気持ち悪いから向こうに行けって……！」

なんとかパトリックを追い払おうとすると、騒ぎに気付いたアンセルムまでこちらへ向かってきた。

いつも通りの無表情だが、良く見ればわずかに楽しげに口角が上がっている。これらは全て、アンセルムの策略なのだろうと、ロザリーは感づく。

彼はロザリーを兄《パトリック》に押し付け、シュゼットの側から引き離そうとしているのだ。

――恐らくは、妻《シュゼット》を独り占めするために。

（えげつねえな！　本当に！）

ロザリーは思わず舌打ちする。するとシュゼットにいつものように「お行儀が悪いわよ」と窘《たしな》められた。だがこんな状況では行儀も悪くなるというものである。

どうかこの悪質極まりない兄弟を、なんとかしてほしい。

「シュゼットは俺が守るから、気にしないでいいぞ、ロザリー。ノヴィール伯爵家と兄上を頼んだ」

「アンセルム様。私を排除する気満々ですね」

「フッ……。何を言っている。弟として、兄の恋路を援護射撃するのは当然のことだろう?」

「ふざけんじゃねえですよ……！」

「ロザリー！　結婚してくれぇぇぇ！」

さて、この混沌《こんとん》とした状況をどうすればいいのか。ロザリーは頭を抱えた。

――ロザリー・オルコットの受難は、まだしばらく続きそうである。

あとがき

蜜猫novels様では初めまして。クレインと申します。

この度は拙作『婚約者を略奪されたら、腹黒策士に熱烈に求愛されています!!』をお手に取っていただき、誠にありがとうございます。

私の初めての婚約破棄モノでございます。

婚約破棄から始まる恋愛物語はすでに一大ジャンルであり、今回挑戦するにあたり、王道ながらも私らしさのある作品を書こうと、悪戦苦闘致しました。

難産でございました……。ここまで苦しんだ作品は、他にありません。

そして、刻一刻と近づく締め切りと、全く進まないストーリーに追い詰められた私の取った手段は、ヒーローの設定をがらっと一変させることでした。

ヒーローのアンセルムは、プロットの段階ではもう少しまともな男性でした。しかしこうして原稿の進捗のため彼は生贄となり、哀れにもかなり振り切れたキャラクターとなってしまいました。

ですが、彼のおかげで大幅に書き直すことにはなったものの、一気にストーリーが拓けました。やはりキャラクターの持つ勢いというのは大切なのだなとしみじみ思いました。

さて、それでは今作について、少々語らせていただけたらと思います。

ヒロインのシュゼットは、美しい姉との間で理不尽な待遇差をつけられながら育ちます。

兄弟姉妹間の確執もまた物語で良く使われる題材です。おそらくは感情移入しやすい設定なのだと思います。兄弟姉妹がいらっしゃる方は、多かれ少なかれ抱えているものではないでしょうか。

私自身、三姉妹の末っ子として生を受け、幼い頃は姉たちが自分よりも優遇されているように感じ、羨ましくてたまりませんでした。姉ばかりずるいとよく思っておりました。

ですが、大人になってから笑い話として姉にその時のことを話したら、姉は逆に私が羨ましくてたまらなかったと言うのです。妹ばかりずるいと思っていたのだと。

実際にその後、結婚や出産をし、それまであまり感じることのなかった両親の期待が一気にのし掛かったことで、なるほど、姉はこんな息苦しさの中にいたのだな、と自覚したのでした。

今では姉妹仲は非常に良好で、私は厳しくも優しい姉たちのことが大好きです。

そんな自身の経験もあって、シュゼットとその姉ミシェルをただの勧善懲悪な話として処理したくはありませんでした。よって、このような結末となりました。

そして、ヒーローのアンセルムは、先述のとおり『好きこそ物の上手なれ』を地でいくキャラクターとして書きました。後世において軍神と謳われますが、いわゆる度を超えたミリタリーオタクです。

この設定に実は頭を抱えました。それらしく格好良い感じの戦術が思い浮かばないのです。

同じくミリオタの気がある夫に「何か良い作戦はないかな?」と聞いたら「俺、異世界のことはちょっと良くわからない」と断られ、まるで参考になりませんでした。そりゃそうですよね……。

よって、戦闘のシーンがかなりふわっとしておりますが、ご容赦いただけますと幸いです。

そして、最後のおまけの番外編は、指の赴くままノリノリで書きました。とても楽しかったです!

さて、それでは最後になりますが、この本を発行するにあたり、ご尽力いただきました方々へのお礼を述べさせてください。

担当編集様。本当に色々とご迷惑をおかけいたしました。いつもありがとうございます！

イラストをご担当いただきましたすらだまみ様。可愛いシュゼットと格好良いアンセルムをありがとうございます。アンセルムの軍帽が本当に最高でございました……！

この本に携わってくださった全ての皆様。ありがとうございます。皆様のご尽力あって、こうして無事形になりました。

それから毎度のことながら、締め切り前になると自主的に家事育児を一手に引き受けてくれて励ましてくれた夫。ありがとう。あまりのありがたさに、もう勝手に神格化して日々拝んでおります。

そして、この作品にお付き合いくださった皆様に、心よりお礼申し上げます。

少しでも楽しんでいただけたのなら、これほど嬉しいことはありません。

本当にありがとうございました！

クレイン

Mitsuneko
Novels

蜜猫 novels をお買い上げいただきありがとうございます。
この作品を読んでのご意見・ご感想をお聞かせください。
あて先は下記の通りです。

〒102-0072　東京都千代田区飯田橋 2-7-3
(株)竹書房　蜜猫 novels 編集部
クレイン先生 / すらだまみ先生

婚約者を略奪されたら、
腹黒策士に熱烈に求愛されています!!

2019 年 9 月 17 日　初版第 1 刷発行

著　者　クレイン　©CRANE 2019
発行者　後藤明信
発行所　株式会社竹書房
〒102-0072 東京都千代田区飯田橋 2-7-3
電話　03（3264）1576（代表）
03（3234）6245（編集部）
デザイン　antenna
印刷所　中央精版印刷株式会社

Printed in JAPAN
ISBN978-4-8019-2003-3　C0093
この作品はフィクションです。実在の人物・団体・事件などには関係ありません。